Les secrets du
Night World

L.J. Smith

et Annette Pollert

Les secrets du Night World

Le guide officiel

Traduit de l'anglais (États-Unis)
par Maud Desurvire

Michel Lafon

Déjà parus

Night World, tome 1 : *Le secret du vampire*
Night World, tome 2 : *Les sœurs des ténèbres*
Night World, tome 3 : *Ensorceleuse*
Night World, tome 4 : *Ange noir*
Night World, tome 5 : *L'élue*
Night World, tome 6 : *Âmes sœurs*
Night World, tome 7 : *La chasseresse*

À paraître

Night World, tome 8 : *Aube noire*
Night World, tome 9 : *Le feu de la sorcière*
Night World, tome 10 : *Étrange destin*

Titre original :
Night World, The Ultimate Fan Guide

7-13, boulevard Paul-Émile-Victor – Île de la Jatte
92521 Neuilly-sur-Seine Cedex
www.michel-lafon.com

Pour Tony
L. J. S.

Pour maman et papa
A. P.

NIGHT WORLD

JAMAIS Il N'A ÉTÉ AUSSI DANGEREUX D'AIMER

Le Night World ne se limite pas à un endroit précis. Il nous entoure. Aux yeux des humains, les créatures du Night World sont belles, mortelles et irrésistibles. Un ami proche pourrait en faire partie – la personne que vous aimez aussi.

Les lois du Night World sont très claires : sous aucun prétexte son existence ne doit être révélée à qui que ce soit d'extérieur. Et ses membres ne doivent pas tomber amoureux d'un individu de la race humaine. Sous peine de conséquences terrifiantes.

SOMMAIRE

LETTRE DE L.J. SMITH

Chers lecteurs,

Vous n'imaginez pas à quel point la réédition de la série *Night World* est importante pour moi. Elle m'a permis de boucler la boucle, d'achever un cycle qui a commencé avec *Le Secret du vampire,* et de terminer *Étrange destin,* qui est devenu un récit épique réunissant presque tous les personnages du Night World. Ce dernier tome a aussi été l'occasion pour moi de révéler à la fois les origines de ce monde de la nuit, l'apocalypse qui menace de le détruire, et l'avenir incertain dans lequel le côté obscur prévaudra.

On me demande souvent comment m'est venue l'idée de cette série. Tout a commencé le jour où j'ai eu envie d'écrire des romans autonomes qui combineraient histoires d'épouvante et d'amour. Mais je souhaitais une chose en particulier : instaurer dans le récit une vaste société secrète, qui existerait au sein même de notre quotidien et se révélerait progressivement aux lecteurs, au fil des tomes.

Voilà pourquoi le premier s'intitule *Le Secret du vampire* : les membres du Night World – vampires, mais aussi métamorphes, sorcières et autres créatures que je voulais inventer – vivent cachés des humains. Un vampire a donc forcément un *secret*… ainsi le veut la loi.

Par ailleurs, j'avais envie de développer un nouveau type d'amour défendu, ce qui n'était pas simple étant donné que Shakespeare et ses contemporains avaient déjà exploré les meilleures variations sur ce thème. Néanmoins, pour cette série, j'ai pu rendre l'idée possible en déclarant simplement que les lois du Night World interdisent à ses membres de tomber amoureux d'un humain.

Il me manquait cependant un dernier ingrédient : introduire le principe des âmes sœurs pour pousser les membres du Night World, en dépit de toutes leurs tentatives de résistance, à transgresser cette loi sur l'amour. Et voilà ! Il ne me restait plus qu'à inventer des personnages intéressants et à laisser libre cours à mon imagination pour voir ce qu'ils allaient devenir.

Je me mets souvent au travail de la manière suivante : installée dans une pièce calme, je fouille mes pensées à la recherche de l'étincelle qui pourra donner vie à ma prochaine héroïne. Tantôt cela vient tout seul, et un portrait entier miroite sous mes yeux, tantôt je ne perçois qu'une lueur très faible et retiens mon souffle en espérant qu'elle va s'incarner en un personnage vraisemblable.

Pour les héros et les antihéros, c'est plus facile. Il suffit d'en choisir un qui sera une véritable âme sœur pour mon héroïne. J'en ai une ribambelle en tête, généralement du genre *bad boy*, et tous essaient de s'inviter à la fête !

Le cadre et le développement de l'intrigue constituent une autre étape de l'écriture. Mais souvent, les personnages s'emballent et agissent comme bon leur semble, et j'ai du mal à suivre leurs pirouettes sur mon clavier.

Ce que je ne manque jamais de faire, c'est d'étudier attentivement ces éléments sous tous les angles, pour m'assurer que je ne plagie pas un livre ou une collection que j'aurais lus par le passé. C'est la procédure normale pour tout auteur responsable : veiller à ce que nos récits ne ressemblent pas *trop* à une histoire existante. Naturellement, bon nombre d'idées ont été exploitées depuis l'Antiquité et beaucoup de personnages sont désormais des archétypes. Mais en réalité, qu'il s'agisse d'un personnage, d'une intrigue ou d'un procédé narratif, il est pour ainsi dire impossible d'emprunter à une autre œuvre sans le vouloir.

Poppy North est un personnage que j'ai longuement examiné. Je voulais être sûre qu'elle se distinguerait de Bonnie McCullough, une autre jeune fille fluette que j'avais créée pour *Journal d'un vampire*. C'est pour dire : je craignais même de m'autoplagier ! Mais Poppy m'a prouvé qu'elle était une gamine solide, qui avait déjà préparé son avenir dans tous les détails, depuis le lycée. Elle allait se marier avec son mystérieux ami James ; il n'était juste pas encore au courant. En outre, contrairement à Bonnie, elle avait une faille physique qui allait lui être fatale.

Dans *Le Secret du vampire*, je savais que j'abordais un problème grave : le cancer en phase terminale d'une lycéenne. Alors j'ai fait de nombreuses recherches avant de décider quel type de tumeur serait vraiment inopérable et ne laisserait à Poppy qu'un mois ou deux à vivre. Je me suis rendue dans différents hôpitaux pour m'entretenir avec les infirmières du service d'oncologie. J'apportais toujours des jouets pour les enfants hospitalisés, mais le sujet me bouleversait tellement que j'avais presque peur de l'aborder. Cependant, une fois que je me suis lancée, j'ai constaté que Poppy était bien plus coriace que je ne l'aurais imaginé. Elle fait le seul choix possible pour continuer de vivre, et ne regarde jamais en arrière.

C'est un des personnages féminins que je préfère, et Ash Redfern, qu'elle introduit dans le récit, est rapidement devenu un de mes méchants favoris. Ce garçon a un passé trouble d'incorrigible séducteur. Il revient dans *Les Sœurs des ténèbres*, après que Hunter Redfern, le chef des vampires, lui a donné l'ordre de ramener ses trois sœurs fugitives dans leur enclave. Mais le jour où il les retrouve, Ash tombe par hasard sur Mary-Lynnette, une humaine passionnée d'astronomie, et leur rencontre fait littéralement des étincelles.

Cette dernière est un personnage que j'ai imaginé quand j'étais enfant, et je suis toujours étonnée du nombre de lecteurs qui l'apprécient, ainsi que le tandem qu'elle forme avec Ash. La plupart du temps, c'est par de bons coups de pied dans le tibia qu'elle lui exprime ses sentiments, mais leurs conversations font partie de mes passages préférés dans toute la série.

À son tour, Ash introduit Quinn (il a bien un prénom, mais le donne rarement) qui, pour le coup, est vraiment effrayant. Vampire depuis 1639, c'est un jeune homme malin et froid, sans humour ni cœur. À l'inverse d'Ash, dont le principal tort est de collectionner les conquêtes, il est présenté dès le début comme marchand d'esclaves humains ; autrement dit : il fournit des victimes aux vampires, sans jamais chercher à savoir ce qu'elles deviennent. Un problème s'est alors posé à moi : comment allais-je faire pour que cet ignoble personnage se rachète suffisamment et incarne une âme sœur dans *L'Élue ?*

Cette question m'a posé problème. Ma première tâche a été de le rendre plus sympathique. Le meilleur moyen, me semblait-il, était de raconter en partie la tragédie qu'il avait vécue : la façon dont il était tombé amoureux de la douce Dove Redfern, dont le père avait décidé de faire de lui son héritier.

Le père en question, c'est Hunter Redfern, l'un des chefs les plus importants dans l'histoire du Night World. Le vampire qui, presque cinq cents ans plus tard, envoie Ash ramener ses sœurs de force. Celui qui lance sa fille Lily à la poursuite de Jez dans *La Chasseresse*. Mais, enfant, Quinn ignore tout de ce monde de la nuit et aime profondément Dove. Du jour où Hunter le transforme en vampire contre son gré et où il assiste, impuissant, à la mort de sa bien-aimée, son cœur cesse de battre et s'endurcit pendant quatre cents ans. Jusqu'à ce qu'il fasse la connaissance de Rashel.

Leur rencontre fait aussi partie de mes scènes préférées : redoutable chasseuse de vampires depuis que sa mère a été tuée par Hunter Redfern (encore lui !), Rashel reste seule pour surveiller Quinn, que ses amis viennent de capturer et comptent torturer. En dépit de son air juvénile et de ses immenses pouvoirs, ce dernier se sent vieux et fatigué, et renonce à se battre ; il est même plutôt content d'en finir. Cependant, Rashel ne supporte pas le concept de la torture. Après avoir discuté avec ce vampire on ne peut plus haï et entendu son histoire, elle décide de le libérer. Bien sûr Quinn est stupéfait, il ne sait pas encore que la magie du principe des âmes sœurs est à l'œuvre. J'ai adoré voir ces deux ennemis au caractère fort succomber au lien sacré qui les unit, notamment quand Quinn la prévient qu'elle ne doit s'attendre à aucune faveur de sa part si elle le libère, puis quand il la protège de ses amis lorsque ces derniers découvrent qu'elle l'a laissé s'échapper.

Écrire les séquences d'amour impossible entre ces deux personnages m'a beaucoup plu. Quand Rashel pénètre l'esprit de Quinn, elle distingue « des fragments tordus, crispés, pleins de haine et de fureur » mais aussi « des arcs-en-ciel qui ne [demandent] qu'à s'étendre, des scintillements qui [n'attendent] qu'une source de lumière ». Elle commence alors à penser que les gens exigent trop peu d'eux-mêmes. Si l'esprit d'un marchand d'esclaves peut ressembler à ça, un homme ordinaire doit être en mesure de devenir un saint. C'est par le biais de cette révélation (et d'un repentir sincère) que Quinn se rachète.

La rédemption, la possibilité d'une seconde chance, est le fil rouge de tous ces romans. Tous les personnages doivent faire face à un choix difficile, et même le plus malfaisant des vampires peut décider d'expier ses fautes et de se racheter. Cela n'exclut pas qu'ils soient punis dans cette vie ou la suivante, mais une certaine forme de salut est bel et bien envisageable.

Quid de mon couple préféré ? C'est Morgead et Jez, évidemment ! Quoi de plus passionnant qu'un vampire, chef de bande, découvrant que son bras droit est une jeune femme mi-vampire, mi-humaine ? En prime, j'ai appris des prises d'arts martiaux géniales pour développer ces personnages !

Ensuite, il y a Keller (que vous découvrirez dans le tome 9), une de mes héroïnes favorites et prise dans un triangle amoureux dans *Le feu de la sorcière*. Au début, Keller est présentée comme une fille brusque et sérieuse ; l'amour l'aidera à apaiser ses blessures intimes.

Pour finir, je n'oublie pas Thierry, Hannah et le cercle de l'Aube. J'ai créé ce dernier car les sorcières du Night World n'avaient que deux clans : le cercle du Crépuscule et le cercle de Minuit. Comme Thea, dans *Ensorceleuse,* les sorcières du premier sont moins machiavéliques que leurs consœurs du deuxième (qui ont pour but d'exterminer tous les humains, CQFD), mais elles ne sont pas angéliques pour autant.

Que faire alors de toutes ces âmes sœurs ? En vertu de la loi du Night World, elles devaient être exécutées. Il fallait donc que quelqu'un se charge de trouver un endroit où elles seraient en sécurité, et j'ai décidé de confier cette tâche à Thierry, un des plus vieux vampires, et Hannah, son âme sœur, qui vit des centaines d'existences sans jamais dépasser l'âge de dix-sept ans. Ce sont eux qui font renaître cet endroit, le cercle de l'Aube, où humains et membres du Night World peuvent oublier les tragédies passées et construire ensemble un avenir meilleur.

Bien que Thierry soit un ancien, il n'est pas le plus vieux vampire. Il en existe un autre avant lui, celui qui l'a transformé, et qui incarne l'autre fil rouge donnant son unité à la série : l'impitoyable Maya. Premier vampire du clan, c'est cette sorcière d'origine qui découvre le secret de la vie éternelle et qui décide de s'en servir à des fins maléfiques. Mais on en apprendra beaucoup plus sur elle, y compris sur son enfance, sur sa sœur Hellewise, et sur leur mère Hécate, la reine des sorcières, dans le dernier tome, *Étrange destin*.

Voilà, aujourd'hui, la boucle est bouclée. Néanmoins, je ne peux conclure sans évoquer l'autre joie que m'a procurée la réédition de *Night World* : elle m'a mise en contact avec vous, chers lecteurs ! Je reçois de nombreux courriels si intelligents, si clairs, si courtois et passionnants ! Quel bonheur quand d'« anciens » fans m'écrivent que mes romans les ont aidés « à traverser les années lycée » ; ou quand d'autres me disent qu'ils viennent de découvrir mes livres réédités et sont impatients de lire la suite. Et même quand on me demande simplement à quelle date est prévue la sortie d'*Étrange destin,* quelle joie !

Merci à tous, du fond du cœur. Je suis comblée. Jamais je n'aurais pensé avoir l'occasion d'écrire une lettre ouverte à tous les fans de cette série, et j'espère seulement que vous savez à quel point je vous suis reconnaissante… de m'avoir donné cette seconde chance.

Bien à vous,
L. J. Smith

L.J. SMITH EN 25 POINTS

1. Mes fleurs préférées sont les roses pourpres *black magic*.

2. Je suis une mordue de montagnes russes.

3. Quand j'avais dix ans, je voulais être bonne sœur.

4. Presque toute ma vie, j'ai eu les cheveux très longs, au point de pouvoir m'asseoir dessus.

5. J'ai atteint ma taille adulte en CM2. Résultat : 1,63 m.

6. Hawaï est mon État préféré aux États-Unis (et Maui, mon île favorite).

7. Je me suis évanouie trois fois dans ma vie.

8. J'ai envie de me faire un tatouage. (Peut-être bien un *kanji* japonais signifiant « pouvoir ».)

9. Je préfère la glace au yaourt maison aux glaces industrielles.

10. Je suis très mauvaise en multiplication.

11. Halloween est ma fête préférée.

12. Je pense qu'on peut tous tirer une leçon des aventures de *Yertle the Turtle*.

13. J'ai un chat fantôme qui saute sur mon lit la nuit.

14. Un jour, avec mes amis de collège, on a redécoré toute une école avec du papier toilette.

15. Je fais de violentes allergies aux fraises.

16. J'ai pratiqué la méthode de Heimlich avec succès sur mon neveu.

17. Les tremblements de terre me fascinent.

18. Dans un château écossais, je crois avoir vu le fantôme d'un enfant.

19. Je sais faire remuer mon nez.

20. La physique quantique est une de mes passions.

21. J'ai eu deux contraventions dans ma vie.

22. J'ai les pieds glacés quand je dors.

23. J'adore les sushis avec une pointe de wasabi.

24. À la vue d'un grillon, je hurle.

25. Un jour, j'ai tiré une carte de tarot me prédisant que j'épouserais un prince. Mais où est-il ?

Les Vampires

Comment reconnaît-on un vampire ? Bonne question. Bien que les membres du Night World soient tous d'une très grande beauté, ils font tout pour passer inaperçus. Les vampires ont l'air d'humains ordinaires, exception faite de leur côté mystérieux. Mais quand vient l'heure du repas, leurs incisives s'allongent et s'incurvent, et leur iris devient argenté. Ils revêtent un air féroce, et se montrent particulièrement rusés.

Ces prédateurs ont des réflexes prodigieux qui leur permettent d'attraper leur proie avec rapidité et précision. Cependant, ils n'ont pas besoin de tuer pour assouvir leur faim. Ils peuvent se nourrir du sang d'une créature mortelle sans la vider entièrement de sa force vitale. En fonction de leur taille, quelques animaux peuvent suffire à leur ration quotidienne. Certains préfèrent le sang humain, d'autres, celui des bêtes ; ce n'est qu'une question de goût. Leurs propres blessures cicatrisent rapidement, tout comme la marque de leur morsure.

Ils peuvent communiquer entre eux par télépathie, et utilisent aussi ce pouvoir pour contrôler les esprits. La manipulation mentale fonctionne rarement, pour ne pas dire jamais, entre membres du Night World, mais elle est plutôt efficace sur les humains. Les vampires y ont surtout recours pour obliger les humains têtus à se plier à leurs volontés. Ces derniers perçoivent alors le message télépathique du vampire comme leur propre pensée.

Certains vont même jusqu'à effacer un incident de la mémoire d'un humain, ce qui engendre un simple « trou de mémoire » chez la victime. Exemples significatifs : dans *Les Sœurs des ténèbres,* Rowan, Kestrel et Jade effacent de la mémoire de Vic et Todd le souvenir d'avoir pris trois sœurs en auto-stop, et dans le tome 7, *La Chasseresse,* Jez efface de la mémoire du chef des skinheads le souvenir de leur rencontre ; elle touche simplement son front, modifiant au passage l'alchimie de ses pensées.

Les vampires sont des êtres primitifs qu'il vaut mieux ne pas provoquer. Entêtés, ils préféreraient se battre jusqu'à la mort plutôt que d'admettre leurs torts. La plupart prennent plaisir à chasser et sont des adversaires redoutables, puisque leurs sens très développés leur permettent de flairer et détecter les moindres odeurs ou mouvements. Leur vue est particulièrement perçante et, bien qu'ils soient sensibles à la lumière du jour, rien ne les oblige à vivre la nuit. Tous sont également vulnérables face au bois et au feu. Néanmoins, au sein de ce clan d'immortels, il existe deux races distinctes de vampires : les lamies, qui sont nés vampires, et ceux qui jadis étaient humains et qui furent transformés.

Les lamies

Liés par l'emblème de l'iris noir, les lamies estiment être les plus haut placés dans la hiérarchie des vampires. Au sein de cette communauté patriarcale, pouvoirs et privilèges sont transmis de génération en génération, et c'est sur cet héritage que repose le droit à la suprématie des lamies.

Quand ils décident de se reproduire, leurs progénitures sont bien sûr des vampires, d'où leur nom de « vampires de naissance ». D'un point de vue physique, ces derniers ont la possibilité de vieillir normalement ou bien d'arrêter le processus de vieillissement à tout moment ; c'est pourquoi certains sont âgés de centaines d'années mais ressemblent à des adolescents. Toutefois, arrêter de vieillir n'est pas sans risque : quand un vampire fait ce choix mais décide par la suite de reprendre de l'âge, son vieillissement s'effectue de façon exponentielle, « ce qui, si on vit depuis cinq ou six cents ans, pourrait s'avérer plutôt ennuyeux », souligne Kestrel.

Comme le veut la tradition, les vampires du Night World portent les noms d'éléments naturels, tels que ceux de pierres précieuses et de végétaux. Et bien que le bois soit mortel pour les deux types de vampires, on dit que les lamies portant le nom d'un arbre ont de plus grands pouvoirs.

Les lamies président le conseil des Anciens, un groupe d'élite qui gouverne tous les vampires. Hunter Redfern est à sa tête, sinon par son titre, par le simple poids de sa personnalité. Ce conseil établit des décrets à l'attention des membres du Night World, concernant leur mode d'alimentation et le mariage. Une loi interdit par exemple de tuer un humain pour abréger ses souffrances, comme le Dr Rasmussen l'explique à son fils quand James découvre que sa meilleure amie est condamnée. Le conseil des Anciens tient également des procès pour ceux qui transgressent les lois du clan. Quand Hodge Burdock passe en jugement pour avoir parlé du Night World à un humain, le verdict est sans appel : il est brûlé vif.

Les membres du conseil des Anciens participent aussi au conseil du Night World. Il se compose de représentants de chaque clan – vampires, sorcières, loups-garous et autres créatures –, et vote des lois que tous doivent respecter. C'est à ce conseil qu'est attribué le mérite d'avoir mis fin à la traite des humains par les vampires à l'époque médiévale, non par compassion pour les mortels, mais plutôt pour protéger le Night World du danger croissant d'être découvert, qu'une telle pratique leur faisait courir.

LAMIES CÉLÈBRES

RED FERN Fils de Maya, le premier vampire de naissance, et éponyme de son illustre famille, Red tient une place particulière dans la tradition des lamies. Son prénom lui vient de la couleur flamboyante de ses cheveux, une caractéristique commune à tous les descendants de la lignée Redfern.

HUNTER REDFERN Fils de Red Fern, Hunter crée un clan de vampires dans la région du Maine à l'époque coloniale. Jugeant que le meurtre de sa fille Dove était inévitable, il règne comme s'ils étaient encore au XVIe siècle, imposant des règles très strictes concernant la tenue vestimentaire, les divertissements et le mariage. Vampire féroce par excellence, il est déterminé à nouer une alliance sanguinaire avec les vampires transformés, afin de défendre et perpétuer les traditions du Night World.

ASH REDFERN Beau comme James Dean, ce vampire possède un charme *ravageur*... dans tous les sens du terme. Premier représentant de la famille Redfern sur la côte Ouest, il ne manque jamais de défendre les lois du Night World, mais les Anciens le considèrent trop « large d'esprit » dans ses fréquentations, notamment avec les membres de l'autre monde et les loups-garous. Et Ash avait déjà cette réputation avant de découvrir que son âme sœur était humaine !

Morgead Blackthorn Tous les lamies ne sont pas des Redfern, mais Morgead prouve que tous les vampires (du moins, les mâles) ont en commun une propension à la rivalité et à l'arrogance. Son attitude protectrice envers Jez découle uniquement de l'amour qu'il éprouve pour son âme sœur.

« Même si tu la tues, elle sera encore vivante, ici, assura-t-il en se frappant la poitrine. Elle fait partie de moi. »

Cette réplique fougueuse de Thierry dans *Âmes sœurs* est si sincère que Hannah en a les larmes aux yeux. Pris au piège dans la mine d'argent abandonnée, Thierry tente de protéger sa bien-aimée contre l'impitoyable Maya. Mais, cette fois, Maya est déterminée à se venger et à ce que Hannah meure pour de bon. Elle échafaude donc un plan pour la transformer en vampire et lui planter ensuite un pieu dans le cœur : si les Anciens sont des humains qui se réincarnent, les vampires, eux, n'ont pas la faculté de renaître.

Les vampires transformés

Autrefois êtres vivants ayant besoin d'oxygène et de nourriture pour survivre, ils ont été transformés par la morsure d'un vampire. Les humains comme les créatures de la nuit peuvent en devenir un, et n'importe quels vampire, lamie ou transformé sont en mesure de transformer autrui.

La transformation est un processus épuisant, et il faut être jeune et en bonne santé pour l'endurer jusqu'au bout. Bien qu'assez résistants, même les adolescents se heurtent à des risques considérables.

Pour qu'elle soit effective, il doit y avoir échange de sangs : le vampire doit boire le sang de sa victime et vice versa. Si l'un ou l'autre en absorbent une trop grande quantité d'un coup, les effets secondaires vont du simple vertige à la mort. Les humains constatent très vite que le sang du vampire leur procure une énergie prodigieuse, et que leurs sens s'aiguisent de façon spectaculaire.

À l'instar de Poppy et Mary-Lynnette, ceux qui ont été mordus par un vampire s'accordent à dire que cela ressemble à une piqûre d'abeille ou de méduse, sauf que la douleur se dissipe rapidement, laissant place à une sensation de chaleur au niveau de l'entaille. Au cours de sa transformation, la personne mordue fusionne avec le vampire ayant initié l'acte, sur le plan tant physique qu'émotionnel : elle lit dans ses pensées et ressent ses impressions. Si elle agit de son plein gré, l'expérience peut s'avérer transcendante ; à l'inverse, si la transformation est imposée avec malveillance, elle est extrêmement pénible.

Les vampires transformés cessent de vieillir dès leur mutation. Leur enveloppe charnelle d'humain meurt, et leur corps de vampire conserve à jamais le même âge. Poppy aura toujours l'air d'une jeune fille d'à peine dix-sept ans, et Timmy, d'un bambin de quatre ans.

Identifiés par le symbole de la rose noire, les vampires transformés forment un clan intéressant. Beaucoup sont remarquables et influents, bien que la majorité n'ait pas été élevée dans la tradition du Night World. Ceux qui ont reçu l'approbation des Anciens en dépit de leurs origines humaines se sont fait une place dans cette société secrète. Les autres tentent le plus possible de rester discrets, car tout vampire illégitime est à coup sûr condamné à mourir s'il est démasqué par un Ancien.

VAMPIRES TRANSFORMÉS CÉLÈBRES

MAYA HARMAN Son désir le plus cher est d'être immortelle et, grâce à un sortilège puissant, elle réalise son rêve... mais à quel prix ! Premier vampire transformé, elle devra se nourrir de sang neuf tous les jours, et son fils, Red Fern, sera le premier vampire de naissance. Femme impitoyable, vindicative et d'une beauté diabolique, aux cheveux de jais et à la silhouette élancée, Maya a surtout une terrible soif d'attention.

THIERRY DESCOUEDRES Deuxième vampire transformé, il doit son état à la jalousie de Maya, qui est bien décidée à ce qu'il l'aime davantage que sa sœur. Mais Thierry n'éprouve aucune compassion envers elle, et cela ne s'arrange pas après sa transformation, bien au contraire : la haine s'empare de lui. Leur relation devient alors un bras de fer sans fin. Siècle après siècle, Thierry, seigneur du Night World, tente de s'unir à son âme sœur, et Maya fait tout ce qui est en son pouvoir pour les séparer.

Poppy North Les Anciens n'auraient jamais approuvé sa transformation si elle n'avait pas découvert appartenir à une lignée de sorcières. Opposés à l'idée qu'un humain puisse devenir membre de leur société, ils n'auraient pas fermé les yeux sur la décision de James, même s'il s'agissait pour lui de sauver son âme sœur. Leur relation est d'ailleurs un des premiers signes indiquant que le principe de l'amour impossible touche de plus en plus de personnages. Poppy est peut-être le vampire transformé contemporain le plus célèbre du cercle de l'Aube.

John Quinn Sa transformation est loin de lui avoir fait plaisir. Depuis quatre siècles, il a les traits d'un jeune homme de dix-huit ans, et son amertume ne s'est jamais atténuée. C'est Hunter Redfern qui l'a transformé : à l'époque, Hunter ignorait avoir une descendance, et voulait à tout prix faire de lui son héritier. Bien qu'il ne porte pas leur nom de famille, Quinn est considéré comme un vrai Redfern et siège au conseil des Anciens.

Vous êtes peut-être un vampire si…

- Vous ne portez pas des lunettes de soleil juste pour avoir l'air cool.
- Vous êtes un as du ping-pong.
- Vous avez envisagé une carrière de psychologue ou d'architecte d'intérieur.
- Vous êtes très têtu, et particulièrement doué pour rallier les autres à votre point de vue.
- Vous n'avez jamais froid, quel que soit le temps.
- Les sucreries, ce n'est pas votre truc.

Les goules

C'est une race particulièrement abjecte de morts-vivants. Ces créatures effroyables n'ont pas tout à fait achevé leur transformation en vampires, et sont coincées entre immortalité et déchéance imminente. Les goules sont constamment assoiffées de sang, dont la quête est une véritable obsession, qui les rend d'ailleurs assez stupides. Elles dégagent une odeur de pourriture et, à l'instar des vampires, il faut leur planter un pieu en bois dans le cœur pour les tuer.

VOUS ÊTES PEUT-ÊTRE UNE GOULE SI...

- Vous adorez *La Nuit des morts-vivants* et les rediffusions de *La Quatrième Dimension* !
- Vous ne vous donnez pas la peine de mettre du parfum car vous avez une odeur très caractéristique.
- Vous avez constamment l'impression que votre corps va s'effondrer. (Qui sait, vous avez peut-être la grippe ?)
- Sans être déprimé pour autant, vous ne vous sentez plus aussi vivant que par le passé.
- Bizarrement, vous ressentez une certaine proximité avec le compost.
- Vous avez toujours soif ; en particulier de sang.

« Faites-vite… »

Dans *La Chasseresse*, Jez Redfern coince un chef de gang dans la forêt de Muir Woods, lequel prononce ces mots d'un ton plaintif. Instantanément, Jez est projetée dans le passé, à l'époque où, enfant, elle a entendu sa mère dire la même chose, pour tenter de convaincre son agresseur d'épargner la vie de sa fille.

Jez a toujours pensé que ses parents avaient été tués par des chasseurs de vampires. Mais alors que ce souvenir lui revient en mémoire, elle se rend compte que ce sont les vampires qui ont fait d'elle une orpheline, des créatures de son propre clan, qui lui reprochent d'être à moitié humaine. Suite à cette révélation, cette chasseuse, qui est depuis longtemps au service du Mal, doit faire face à son double héritage et repenser entièrement son avenir. Simplement à cause de ces deux petits mots.

TESTEZ VOS CONNAISSANCES...

Vous rendez visite à un ami, membre du Night World. En arrivant devant chez lui :

A. Vous sonnez à la porte. C'est malpoli d'entrer sans prévenir.

B. Vous sonnez, mais n'attendez pas qu'on vous ouvre pour entrer.

C. Vous entrez discrètement par la porte de derrière. Après tout, vous êtes amis, non ?

D. Vous avez annoncé votre arrivée par télépathie, du coup, votre ami est déjà derrière la porte, prêt à vous accueillir.

E. Vous frappez à la porte marquée d'un iris noir, que ce soit celle de l'entrée ou celle de derrière.

RÉPONSE : E

Tout le monde sait que les vampires peuvent aller et venir comme bon leur semble au sein du Night World et qu'ils n'ont pas besoin d'invitation pour pénétrer dans une maison ! Et s'il est poli de sonner et d'attendre qu'on vous ouvre (même Blaise s'y astreint, à moins, peut-être, qu'il pleuve des cordes), un vrai membre du Night World s'annonce toujours en frappant à la porte marquée d'un iris noir.

Quel cas fait exception ?

Une amulette ensorcelée peut être dissimulée chez une personne pour la protéger. Dans ce cas, les créatures du Night World doivent avoir été expressément invitées pour pouvoir franchir le seuil de la maison. Dans le tome 6, *Âmes sœurs,* Thierry enterre une amulette de ce type dans le jardin d'Hannah Snow pour tenter de la protéger de Maya.

Qui est « le pire ennemi de tous les suceurs de sang » ?

A. Ash.

B. Jez.

C. Rashel.

D. Poppy.

E. Thea.

RÉPONSE : C

Rashel est une chasseuse de vampires, qui n'a qu'un but dans la vie : se venger. Après que sa mère et sa tante Corinne ont été brutalement assassinées par un vampire, Rashel sait qu'elle va devoir être forte, canaliser sa colère et apprendre à se défendre. Elle poignarde sa première victime à l'âge de douze ans et se forge rapidement une réputation de redoutable tueuse.

Dans *La Chasseresse,* quels signes indiquent que les Puissances sauvages se réveillent ?

A. Des maladies.

B. Des catastrophes naturelles.

C. Des attaques animales.

D. Le principe des âmes sœurs.

E. Les quatre réponses.

RÉPONSE : E

Les Puissances sauvages sont des forces naturelles, issues d'une magie très ancienne. Latentes depuis que les humains ont commencé à peupler la Terre en nombre, elles refont peu à peu surface. Maladies, catastrophes naturelles, attaques d'animaux, principe des âmes sœurs : tout indique qu'une révolution se prépare…

Quelle phrase prononce-t-on lors de la cérémonie des liens du sang ?

« Nous promettons de rester toujours soudés…

A. … de toujours vous protéger et vous défendre. »

B. … aujourd'hui et pour l'éternité. »

C. … car telle est la loi d'Hécate. »

D. … jusqu'au jour de l'apocalypse. »

E. … par le pouvoir dont Hellewise nous a investis. »

RÉPONSE : A

La cérémonie des liens du sang est une ancienne tradition du Night World, qui permet d'unir deux familles par un échange de sang. Contrairement à la « dose » nécessaire pour la transformation d'un vampire, ce rituel nécessite juste quelques gouttes, car il est surtout symbolique. Rowan, Kestrel et Jade forment une alliance avec Mary-Lynnette et Mark dans *Les Sœurs des ténèbres*. Ensemble, ils prononcent ces mots : « Nous promettons de rester toujours soudés, de toujours vous protéger et vous défendre. »

Pourquoi Mme Burdock élève-t-elle des chèvres dans *Les Sœurs des ténèbres* ?

Si vous demandiez à Claudine, la belle-mère de Mary-Lynnette, pourquoi sa voisine possède des chèvres, elle vous répondrait sans doute que c'est pour leur lait, et peut-être même pour leur compagnie.

Cependant, bien que le lait soit une grande source de calcium et de protéines pour les humains, Opale Burdock élève des chèvres pour une tout autre valeur nutritive : leur hémoglobine, dont elle a besoin pour rester en bonne santé. Vampire vivant à l'écart du Night World, la vieille dame se sert de son élevage pour avoir une alimentation régulière à disposition, sans mettre le voisinage en émoi. Elle peut ainsi se nourrir du sang de ses chèvres en toute discrétion, sans éveiller les soupçons des habitants de Briar Creek. Plutôt capital quand on est le seul vampire d'un village ! En outre, Mme Burdock vieillit, donc elle doit pouvoir se ravitailler près de chez elle, n'ayant pas la force d'aller chasser en forêt.

Pourquoi mamie Harman vit-elle à Las Vegas ?

Avec sa population dense et fluctuante, Las Vegas est un point névralgique du Night World. De nombreux vampires y emménagent pour se nourrir d'humains, supposant que leur disparition passera inaperçue. Les sorcières sont également attirées par cet endroit, mais plutôt pour les vortex d'énergie localisés dans le désert entourant la ville.

Quant à mamie Harman, si elle vit à Las Vegas, c'est pour le climat. Ayant développé des problèmes respiratoires quand elle était enfant, elle apprécie l'air sec et la chaleur de cette ville, qui la maintiennent en bonne santé.

À quel moment Poppy tombe-t-elle amoureuse de James ?

A. Quand elle apprend qu'il peut lui éviter de mourir dans la souffrance.

B. Quand il manipule son esprit pour la convaincre qu'ils sont faits l'un pour l'autre.

C. Le jour où James, très nerveux, renverse son déjeuner sur elle.

D. Elle l'aime en secret depuis l'âge de cinq ans.

E. Elle a le béguin pour lui, mais c'est en l'embrassant qu'elle comprend que c'est le grand amour.

RÉPONSE : D

Quand James explique à Poppy le principe des âmes sœurs, elle affirme : « J'ai toujours su que tu me correspondais parfaitement. » Elle dit en avoir l'intime conviction depuis l'âge de cinq ans, époque à laquelle elle l'a rencontré.

Au jardin d'enfants, il était un peu étrange, et les petites brutes de la cour de récré s'en prenaient toujours à lui. Poppy ne le supportait pas. « Déjà, à cinq ans, elle possédait un joli crochet du droit », alors un jour, elle avait pris sa défense. Ensuite, elle lui avait demandé : « Tu veux qu'on soit amis ? » Depuis, ils sont inséparables.

D'après Rashel, le *zanshin* est indispensable pour être un bon chasseur de vampires. De quoi s'agit-il ?

A. Un modèle particulier de menottes en bois.

B. Un état de vigilance extrême.

C. Un sabre japonais.

D. Une bague qui protège quiconque la porte.

E. Un plastron en argent qui se porte sous les vêtements.

RÉPONSE : B

Bien que l'arme préférée de Rashel pour se battre contre les vampires soit un *bokken,* un long sabre japonais en bois, courbe et tranchant, elle se sert aussi du zanshin. Elle sait que cet état de vigilance intense face au danger est impératif pour être plus malin que les créatures du Night World et pour déjouer leurs plans. Attitude issue des arts martiaux japonais, le zanshin nécessite d'être pleinement concentré sur une action, du début à la fin, mais aussi d'être conscient des intentions de l'ennemi pour anticiper ses attaques.

Blaise et Thea sont deux des dernières filles Harman, descendantes directes d'Hellewise. Quelle autre sorcière peut établir que sa famille remonte aux mêmes origines ?

A. Tanya Jun.

B. Gillian Lennox.

C. Amy Nowick.

D. Poppy North.

E. Mary-Lynnette Carter.

RÉPONSE : B

Gillian Lennox découvre ses origines de sorcière après avoir réussi ses premières incantations. Utilisant deux figurines en cire pour représenter ses rivales, elle jette un sort à Tanya qui lui donne des rougeurs, et un autre à Kimberlee, qui la rend aphone. Angel la félicite, et lui révèle alors qu'elle est une sorcière accomplie. Elspeth, l'arrière-grand-mère de Gillian, était une Femme de la Terre, descendante de la vénérée Hellewise.

Mary-Lynnette adore les énigmes. Qui est son détective préféré ?

A. Sherlock Holmes.

B. Nancy Drew.

C. Perry Mason.

D. Miss Marple.

E. Hercule Poirot.

RÉPONSE : B

Détective dans l'âme, Mary-Lynnette fait souvent référence à Nancy Drew, en se demandant ce que la célèbre héroïne de romans ferait si elle était dans sa situation. Prenant exemple sur Nancy, elle décide de mener l'enquête après avoir vu trois filles enterrer un grand sac en plastique noir dans le jardin de Mme Burdock. Par ailleurs, le jour où elle et les Redfern croisent Jeremy Lovett à la station-service, elle se reproche de ne pas avoir une excuse toute prête, car « Nancy Drew y aurait pensé, elle ».

LES SORCIÈRES

Les sorcières ont un don inné pour puiser dans leurs forces intérieures et pratiquer la magie par le biais de sortilèges et d'incantations. Ces derniers sont souvent le résultat de paroles simples et d'une intense concentration, mais bon nombre nécessitent aussi la présence du feu, d'un assortiment complexe d'ingrédients, et d'une représentation physique de la personne visée. Lorsqu'ils jettent un sort, les membres de ce clan peuvent invoquer le nom d'Hécate, la première et la plus puissante des sorcières, ou bien solliciter leur propre pouvoir en tant que descendants de celle-ci, comme le démontre Thea dans *Ensorceleuse*.

Certaines sorcières ont également des visions prophétiques, qui se manifestent soit par de brefs aperçus de l'avenir, soit par des révélations déroutantes qui doivent être déchiffrées avec un soin minutieux. Celles qui ont cette faculté sont généralement incapables d'orienter ou de porter plus loin leurs présages, mais comme ce pouvoir est rare, elles sont révérées et détiennent une place spécifique dans la hiérarchie.

Ce clan est une société qui repose uniquement sur la filiation maternelle et qui glorifie les femmes. L'Aïeule, la Mère et la Demoiselle constituent la triade des sorcières les plus puissantes, et celles qui portent ce titre ont prouvé leurs incroyables capacités à jeter des sorts et à être témoins de visions. Les sorcières vieillissent au même rythme que les humains en termes d'apparence physique et de durée de vie, par conséquent, la Demoiselle est appelée à devenir un jour la Mère, puis l'Aïeule. Cette dernière est à la tête du cercle Vital, un conseil analogue à celui des Anciens chez les vampires.

Ce cercle comprend neuf des plus puissantes sorcières du Night World. Il est décrit en des termes respectueux et admiratifs dans le tome 3 : « [Ses membres] formaient en fait la plus forte concentration des mages actuellement vivants, des génies thaumaturges, des prodiges, des sages, des voyants, des professeurs, des décideurs. » En dépit du système matriarcal de ce clan, il se compose aussi bien de femmes que d'hommes. Outre mamie Harman, Mère Cybèle et Aradia, les autres membres du Cercle sont Rhys, Belfana, Creon, Old Bob, tante Ursula et Nana Buruku.

Les autres sorcières du Night World se répartissent entre celles appartenant au cercle du Crépuscule, qui pratiquent la magie de façon raisonnable, et celles du cercle de la Nuit, adeptes de la magie noire. Toutes s'identifient par l'emblème du dahlia noir et sont vulnérables face au fer, et toutes peuvent communiquer entre elles par télépathie.

Les médiums forment un sous-groupe de sorcières dont les pouvoirs sont latents, en attente d'être découverts. Ils ont grandi en dehors du Night World et ignorent tout de leur héritage. Certains, tels que Poppy North et Gillian Lennox, font leur entrée dans ce monde de la nuit par hasard. D'autres, comme Gary Fargeon et Iliana Harman, sont recherchés par le clan, retrouvés par le biais de leurs familles et accueillis de droit au sein de la communauté. D'autres encore, dont les pouvoirs sont limités ou qui réfrènent leurs dons de peur d'être rejetés par leurs pairs humains, ne communiquent jamais avec le Night World.

SORCIÈRES CÉLÈBRES

HELLEWISE Fille d'Hécate, la reine des sorcières, Hellewise vécut à la préhistoire, et sa mémoire est honorée en tant que souveraine de la lignée Harman, la plus puissante des familles de sorcières. Souvent invoquée comme source de pouvoir lors des rituels de magie, elle est admirée pour sa bienveillance et sa beauté.

MAEVE HARMAN Mère des filles d'Hunter Redfern, Lily, Garnet, Dove et Roseclear, Maeve est celle qui jette un sort visant à protéger le refuge créé par Hunter pour les vampires. Il permet de conjurer toute ingérence humaine, empêchant les habitants du Night World d'être démasqués. Malgré le lien du sang qui les unit, Maeve n'a aucune affection pour Hunter, et c'est loin de leur enclave qu'elle élève leur benjamine pour en faire une sorcière.

PHILLIP NORTH Frère jumeau du célèbre vampire transformé Poppy North, Phil est un médium qui découvre son héritage de sorcier. Lié au Night World par la famille de son père, il est content d'apprendre qu'il peut communiquer par télépathie avec sa sœur, mais n'a aucune envie d'explorer davantage ses facultés.

VOUS ÊTES PEUT-ÊTRE UNE SORCIÈRE SI…

- Vous avez un don pour prédire des événements futurs.
- Votre étagère à épices déborde de diverses herbes.
- Vous communiquez par télépathie avec les animaux.
- Le cercle est votre forme préférée.
- Vous avez une personnalité *charmante*.
- Vous êtes toujours à l'écoute de votre déesse intérieure.

« Ce chaton a des griffes. »

Quand elle tue un vampire, Rashel a pour coutume de marquer le cadavre fraîchement fossilisé d'une griffure, puis d'affirmer : « Ce chaton a des griffes. »

Les raisons d'un tel rituel ? Quand elle était encore en vie, sa mère la surnommait « chaton », et cette griffure est une façon pour Rashel d'honorer sa mémoire. Au sein de la communauté du Night World, on l'appelle « le Chat » en raison de cette signature caractéristique, et Rashel aime bien ce clin d'œil à Catwoman.

TESTEZ VOS CONNAISSANCES...

Qui est Paula Belizer et que lui arrive-t-il dans *Ange noir ?*

Paula Belizer est la jeune fille qui a disparu dans le village où habite Gillian Lennox, au sud-ouest de la Pennsylvanie. Elle succombe à un sort jeté par le sorcier rebelle Gary Fargeon.

Isolé dans la forêt, ce dernier expérimente un sortilège très dangereux, qui nécessite le feu et produit une flamme blanche sous la chaleur, quand Paula, qui court après son chien, rompt accidentellement son cercle. Gary perd le contrôle de la flamme et Paula est tuée à son contact.

Ne sachant pas quoi faire, il l'enterre dans la neige, et meurt quelques heures après dans un accident de voiture. Un an plus tard, à force de persuasion mentale, Gary révèle à Gillian où se trouve le corps de Paula, pour que les parents de la défunte puissent enfin tourner la page, et l'âme de Gary reposer en paix.

Pourquoi le père de Rowan, Kestrel et Jade considère-t-il que ses filles sont désobéissantes ?

A. Car elles refusent d'aller au lycée.

B. À cause de l'alignement inhabituel des étoiles à chacune de leur naissance.

C. À cause d'une ancienne cérémonie des liens du sang, qui a uni vampires et sorcières.

D. Car elles se nourrissent uniquement de gros gibier.

E. Car Kestrel, qui a été adoptée dans une famille de loups-garous, a une mauvaise influence.

RÉPONSE : C

Pour le père de Rowan, Kestrel et Jade, leur désobéissance est due à une alliance familiale, formée au XVIe siècle. À cette époque, la lignée Redfern est en danger car, son fils ayant disparu, Hunter Redfern n'a plus d'héritier. Pour protéger son héritage, le vampire passe un pacte avec une sorcière, au cours duquel les descendants des deux clans échangent leur sang. (Souvenez-vous, dans *Ensorceleuse,* Thea et Blaise mentionnent le fait qu'elles ont du sang de vampire dans les veines.) Les vampires méprisent les sorcières et leur société matriarcale, c'est pourquoi le père des trois sœurs met l'insoumission de ses filles sur le compte de cette alliance.

Que pense Poppy juste après son premier baiser avec James ?

A. « Et moi qui suis comateuse. Génial ! »

B. « Si seulement ça pouvait ne jamais s'arrêter. »

C. « Pour des lèvres de vampire... celles de James sont exquises. »

D. « J'ai l'impression d'être sur un petit nuage. Ça doit être ça, le grand amour. »

E. « Désormais, on ne sera plus de simples amis... »

RÉPONSE : A

James embrasse Poppy pour la première fois après le dernier échange de sang, qui la transformera définitivement en vampire. Il la berce au rythme d'un morceau paisible, diffusé par son lecteur de CD : *Musique pour disparaître*. Luttant pour rouvrir les yeux, elle le rassure : « Je vais bien. Je… j'ai juste sommeil. » C'est à cet instant que James l'étend sur la masse de coussins puis l'embrasse sur le front, et que Poppy se dit : « Et moi qui suis comateuse. Génial ! »

LES MÉTAMORPHES

Les métamorphes jouent un rôle complexe dans la société du Night World. Ils forment le clan à la fois le plus puissant et le plus méprisé. La force animale des dragons en avait fait des êtres supérieurs mais, au fil des siècles, tous sans exception ont abusé avec malveillance de ce pouvoir et ont fini par devenir « les créatures les plus viles du Night World ».

Leur race se divise en quatre grandes catégories : ceux qui peuvent choisir en quel animal ils se transforment ; ceux dont l'apparence est prédéterminée ; les loups-garous et les dragons. En raison de ces quatre catégories, les métamorphes n'agissent pas toujours de concert, comme un groupe uni.

Les membres de la Première Maison de métamorphes, la famille Drache (que vous découvrirez dans le tome 9), ont la faculté de choisir l'apparence qu'ils adoptent. Cette décision doit être prise avec prudence : on ne peut faire marche arrière. Lors de la première transformation, un métamorphe de cette lignée doit toucher l'animal qu'il souhaite incarner. La majorité des Drache se changent en bêtes de guerre et ont la réputation d'exercer leur pouvoir unilatéralement. Ils ne font preuve d'allégeance ni au Night World, ni au cercle de l'Aube. Leur loyauté revient à celui ou celle qui, selon eux, remportera le combat en cours. Généralement peu enclins à pactiser avec les autres clans, ces métamorphes savent toutefois s'engager quand il le faut.

Ceux dont l'apparence est prédéterminée, soit à la naissance, soit par la morsure d'un métamorphe ayant sa forme animale, incarnent des espèces assez imposantes, telles que chats sauvages, ours ou rapaces.

Leur capacité à passer d'une apparence humaine à animale et inversement est innée, mais s'effectue non sans difficulté. Il arrive qu'un métamorphe reste coincé entre deux formes. On leur apprend à ne jamais se transformer en public, mais dans un endroit sûr et discret. La transformation libère une grande quantité d'énergie. D'après Keller, qui incarne une panthère, « se transformer est douloureux mais dans le bon sens, comme lorsqu'on vous enlève un bandage serré : c'est un soulagement ».

Comme elle passe une bonne partie de son temps sous l'apparence d'un humain, cette créature porte souvent des habits faits de poils et de peaux d'autres métamorphes, afin de pouvoir se transformer sans déchirer ni abîmer son « apparence humaine ». Il est important que la transformation s'opère sans heurts si elle essaie de protéger quelqu'un ou quelque chose.

Métamorphes célèbres

Raksha Keller Coincée en pleine transformation avec des oreilles et une queue de félin, Keller est abandonnée par sa mère humaine peu après sa naissance. Secourue et élevée par les membres du cercle de l'Aube, elle décide d'œuvrer pour ce dernier, pour les remercier de s'être occupés d'elle. Comme le félin qu'elle incarne, Keller est très indépendante.

Galen Drache Descendant de dragons et autres créatures démoniaques, Galen tente de réfréner ses pouvoirs pour mener une vie meilleure. Il a toujours souhaité incarner un animal évoquant la paix, et non la violence. Mais il ne peut échapper à son rôle au sein de la Première Maison de métamorphes. Promis à Iliana, la Sorcière Égarée, Galen a pour destin d'unir les sorcières et les métamorphes dans *Le feu de la sorcière*.

« Elle apparaîtra couverte de fleurs, chaussée de bleu et de rouge, et parlera de liberté. »

Avec sa vieille chaussette bleue à un pied et sa socquette rouge à l'autre, Maggie, que vous découvrirez dans le tome 8, a un look bien à elle ! Lorsqu'elle s'endort en pyjama alors qu'elle fait ses devoirs, elle est loin d'imaginer qu'elle va partir en quête d'un autre monde pour retrouver son frère disparu. Mais, heureusement pour elle, sa tenue dépareillée est justement ce qui l'identifie en tant que libératrice du royaume des Ténèbres, et qui lui vaut de recevoir un large soutien, dont elle a grand besoin au cours de son périple. Première à reconnaître Maggie d'après la prophétie, l'Arroseuse, une des esclaves de l'Aube noire, promet de faire tout son possible pour l'aider.

LES LOUPS-GAROUS

Des humains qui se transforment en loups les nuits de pleine lune ? Non, pas dans le Night World ! Les membres de ce clan sont des loups-garous jusqu'au bout des griffes, des bêtes sauvages qui changent d'apparence pour avoir l'air humain et peuvent se transformer à volonté, quelle que soit la phase de la lune.

Ces créatures aux gueules menaçantes et pleines de bave constituent une race très intimidante. Dotées de longues incisives et d'un corps mince et musclé, elles peuvent bondir et attaquer avec une grande brutalité, et, chassant pour se nourrir, elles ne s'en cachent pas au moment de se jeter sur leur proie. Elles se régalent de leurs boyaux et aiment particulièrement le goût du cœur et du foie.

Parce qu'ils ont un instinct territorial extrêmement fort, les loups-garous du Night World sont souvent recrutés dans l'industrie de la sécurité comme videurs, gardes du corps et hommes de main. Ils sont doués pour observer et traquer leurs victimes, qu'il s'agisse d'un animal dans les bois ou d'un humain en ville. Aussi, il n'est pas étonnant que le symbole de ce clan soit la digitale pourpre, une plante aussi belle que vénéneuse. Également appelée « queue-de-loup » ou « gants-de-Notre-Dame », elle doit son nom à un mythe ancien, dans lequel des renards, usant de magie, chaussaient leurs pattes de ces fleurs afin d'entrer sans un bruit dans des poulaillers la nuit pour dévorer les volailles dodues.

Souvent considérés comme la catégorie la moins évoluée des métamorphes, les loups-garous ont assez mauvaise réputation. La politique du Night World ne leur est pas favorable, d'un côté parce qu'ils constituent une classe inférieure, de l'autre car leur avancement personnel passe avant tout. En dépit du fait qu'il existe des loups-garous intègres, la plupart sont connus pour être sournois et invincibles. Sauf si vous brandissez une arme en argent : ce métal leur est fatal.

LOUPS-GAROUS CÉLÈBRES

JEREMY LOVETT Mary-Lynnette adore la gentillesse avec laquelle il nettoie soigneusement le pare-brise de son break chaque fois qu'elle se rend à la station-service. Mais Jeremy ne s'approche jamais trop des autres. C'est un solitaire… et un loup-garou rebelle. Il n'obéit pas aux lois du Night World concernant l'alimentation, et va même jusqu'à tuer son oncle pour avoir essayé de les imposer. Par ailleurs, il élabore plusieurs ruses ingénieuses pour intimider Jade, Kestrel et Rowan quand elles emménagent à Briar Creek.

AZARIUS Ce voyou est engagé par Lily Redfern pour l'aider à trouver une des quatre Puissances sauvages dans *La Chasseresse*. Il est toujours vêtu d'un manteau noir miteux et très querelleur. Après avoir lutté contre Jez, il prend un malin plaisir à se venger de cette bagarreuse hybride en participant à son kidnapping et en l'empalant de ses propres mains. Il est tué par la Flamme bleue.

Lupe Acevedo Mi-loup-garou, mi-humain, Lupe est sauvé, ainsi que sa mère humaine, par Thierry, lorsque son père loup-garou est assassiné par ses congénères. Devenant membre du cercle de l'Aube et garde du corps de Thierry, il se voit confier la mission de trouver et protéger les réincarnations de l'âme d'Hannah. Il est reconnaissable à son pelage brun-gris, ses yeux ambrés et ses pattes gracieuses et puissantes.

VOUS ÊTES PEUT-ÊTRE UN LOUP-GAROU SI…

- Les bijouteries vous fichent les jetons.
- On vous confond souvent avec le yéti.
- Vous avez d'excellentes dents et gencives bien que vous n'utilisiez jamais de fil dentaire.
- Vos plats préférés sont le foie de veau (saignant, de préférence) et le steak tartare.
- Quand vous piquez une colère, on vous entend hurler à des kilomètres.

« Même séparés, on regardera le même ciel ! »

Ah, ce bon vieux Ash ! En voilà un qui sait parler aux femmes ! Sérieux, confiant et incroyablement malin, il a tout du mauvais garçon, sourire charmeur en prime. Amoureuse de lui, Mary-Lynnette aime le fait qu'il partage sa passion pour l'astronomie. Entre ces deux âmes sœurs, l'électricité est palpable, et ces paroles d'adieu sont pleines de tendresse, bien que portant la marque subtile de l'humour typique du vampire.

LES DRAGONS

Les dragons sont les métamorphes les plus anciens et les plus fabuleux, et ils existent depuis bien plus longtemps que le premier vampire. Il ne faut jamais oublier que ce ne sont pas des êtres qui se transforment en créatures couvertes d'écailles et coiffées de cornes : comme les loups-garous, ce sont des dragons corps et âme.

Fut un temps où ces monstres immortels régnaient sur le Night World en semant la terreur. Ils étaient connus pour faire des élevages d'humains pour se nourrir, un peu comme les hommes élèvent du bétail. D'après la croyance, plus un dragon se nourrissait de chair humaine, plus sa force décuplait. Il y a de cela environ trois mille ans, ils furent endormis par le clan des sorcières et enterrés loin sous terre. On dit que leur sang coule toujours sous la Première Maison de métamorphes.

Si les dragons dominent ces derniers, ce n'est pas uniquement par la force, mais parce qu'ils ont la faculté de prendre un nombre infini de formes. Dès qu'un dragon touche un être vivant, quel qu'il soit, il peut en prendre l'apparence. Détruire ses cornes, siège de son pouvoir, est le seul moyen de l'empêcher de se transformer et de le vaincre. La plupart en ont deux ou trois. Selon un ancien parchemin détenu par les métamorphes, quelques rares cas de dragons à quatre cornes ont été constatés. Azhdeha, le dragon de *Le feu de la sorcière* que vous découvrirez dans le tome 9, bat ce record, qui en arbore cinq.

Lorsqu'un dragon revient à sa forme initiale, la transformation est comparée à « la naissance d'un papillon de nuit ». Après avoir déchiré l'enveloppe charnelle qu'il a empruntée, son corps se déploie amplement pour faire apparaître sa gueule reptilienne, ses pattes musclées et ses longues serres. Tous les dragons détiennent un fluide qui dégage une forte odeur sucrée et, d'après Keller, l'enveloppe humaine de celui qu'elle a combattu empestait une odeur si suave qu'elle avait de quoi « vous retourner l'estomac ».

Dragon célèbre

Azhdeha Premier dragon introduit dans la série, Azhdeha multiplie les apparitions sous formes humaines, ne dévoilant ses écailles jaune-vert qu'à la fin de *Le feu de la sorcière*. Il prétend avoir été réveillé par « une sorcière qui n'en est pas une ». Entre cette mystérieuse révélation et le réveil des Puissances sauvages, la menace de voir d'autres dragons sortir de leur sommeil forcé semble bien réelle. L'apocalypse d'*Étrange destin* est proche.

Vous êtes peut-être un dragon si…

• Vous pourriez manger de la viande à tous les repas.

• Vous détestez plus que tout être tiré d'un profond sommeil.

• Tous vos proches ont peur de vous.

• Vous vous adaptez à n'importe quel changement.

• Vous vous sentez des affinités avec les tyrannosaures.

• Vous avez parfois l'impression d'exister depuis le commencement du monde.

« Les cinq règnes sont, du plus avancé au plus primitif : animaux, végétaux, champignons, protistes... et Eugene. »

Lorsqu'elle rencontre Angel, Gillian renonce à sa volonté et à son indépendance, espérant en contrepartie devenir populaire. Son interprétation assez libre de la classification des espèces se fait aux dépens d'Eugene, le petit copain de sa meilleure amie. Avide de notoriété, Gillian reçoit une bonne leçon : on ne gagne aucun prestige à salir la réputation de quelqu'un.

TESTEZ VOS CONNAISSANCES...

Quel(s) mot(s) emploie-t-on pour saluer une sorcière ?

A. « Salutations à toi, fille d'Hécate. »

B. « *Hocus pocus.* »

C. « Unité. »

D. « Fraternité. »

E. Les mêmes que pour saluer un autre membre du Night World ou un humain.

RÉPONSE : C

« Unité » est le mot que les sorcières emploient entre elles pour se saluer. C'est une formule ancienne, qui témoigne de la promesse d'harmonie au sein de ce clan. Et c'est en ces termes qu'elles se disent au revoir : « Heureux nous nous quittons, heureux nous nous reverrons. »

Si Jez a parfois du mal à se confier, elle avoue toutefois aimer :

A. Hugh Davis.

B. Sa moto Harley 883 Sportster Hugger.

C. Morgead Blackthorn.

D. Les trois.

E. Aucun des trois.

RÉPONSE : D

Jez a une profonde affection pour Hugh Davis, qui lui a apporté son soutien quand elle est arrivée dans la famille de son oncle Jim. À l'époque, elle ne connaissait aucun humain, et les autres membres du cercle de l'Aube ne lui faisaient pas encore confiance. Elle adore aussi sa Harley, qu'elle décrit comme « son pur-sang de chrome et d'acier ». Enfin, et surtout, elle aime Morgead, ou plutôt, elle en est *amoureuse,* car il est son âme sœur.

Maya est un personnage redoutable de la série. Quelle créature du Night World est-elle ?

A. Une sorcière.

B. Un vampire.

C. Un loup-garou.

D. Une métamorphe.

E. Les quatre.

RÉPONSE : E

Maya est une créature extrêmement puissante, sans doute la plus féroce du monde de la nuit. Elle naît sorcière, tout comme sa sœur Hellewise. Mais un violent désir d'immortalité la conduit à se jeter un sort qui la transforme en vampire – la première de tous. Elle peut désormais vivre éternellement, à condition de boire du sang humain tous les jours. Entre autres pouvoirs, elle possède ceux des loups-garous et des métamorphes. Elle utilise leurs facultés de transformation afin de pourchasser Hannah Snow et toutes ses futures réincarnations.

Qui est la reine des sorts interdits ?

A. Aradia.

B. Tante Ursula.

C. Blaise.

D. Iliana.

E. Thea.

RÉPONSE : E

En tombant amoureux, Thea et Eric transgressent une des lois capitales du Night World. Quand, aidée de sa sœur Blaise, la jeune sorcière se démène pour trouver un moyen de protéger le garçon, elle est « accusée d'avoir jeté des sorts interdits ». En effet, elle a pris le risque de jeter un sortilège puissant et illicite pour rappeler un esprit. Mais si cela peut l'aider à protéger son âme sœur, Thea est prête à courir tous les risques, même celui de s'attirer les foudres des Anciens !

Dans *Âmes sœurs,* pourquoi Hannah Snow a-t-elle une tache de naissance ?

Hannah Snow a une tache de naissance sur la joue gauche que les médecins ne parviennent pas à faire disparaître. Et pour cause : cette traînée rose sur sa peau blanche est plus qu'une simple tache de naissance.

C'est un stigmate qu'elle doit à Thierry depuis sa première vie, à l'époque où elle était Hana des Trois Rivières. Aveuglé par une terrible soif de sang, le vampire fraîchement transformé s'en était pris à tous les habitants du village des Trois Rivières, y compris à Hana. Il était revenu à la raison quelques instants avant qu'elle meure, mais il était trop tard pour la sauver. C'était un supplice pour Thierry de savoir qu'il avait tué une innocente, qui plus est son âme sœur. Tandis qu'il berçait son corps inerte, il avait doucement écarté les cheveux d'Hana de son visage, laissant une traînée de sang sur sa joue. Par la suite, Hana des Trois Rivières portera la marque du chagrin de Thierry à chacune de ses réincarnations.

Pourquoi Quinn a-t-il une cicatrice à la taille ?

Lorsque Quinn se réveille dans la maison des Redfern, après avoir été transformé en vampire, il est furieux. Et terrorisé. Selon lui, son père, pasteur puritain, est le seul qui pourra l'aider, maintenant qu'il est devenu « un monstre, une créature impie qui [a] besoin de sang pour survivre ». Dove Redfern, lamie et grand amour de Quinn, le supplie de ne pas aller le voir, mais en vain. Finalement, elle accepte de l'accompagner, dans l'espoir qu'il trouve l'apaisement.

Quinn avait raison : son père sait quoi faire. Il s'empare d'un pieu en bois dans la cheminée fumante, bien décidé à éliminer le diable qui les possède. Il empale Dove, qui meurt sur-le-champ, et c'est en tentant de la protéger que Quinn reçoit un coup, dont il gardera une cicatrice. Il s'enfuit et, par la suite, jure de rompre tout lien avec la race humaine.

Qui Thea fait-elle revenir d'entre les morts ?

A. Suzanne Blanchet.

B. Phoebe Garner.

C. Dewi Ratih.

D. Annie Butter.

E. Omiya Inoshishi.

RÉPONSE : A

Thea a l'intention de ressusciter la douce Phoebe Garner, une sorcière morte de la tuberculose avant la chasse aux sorcières. Mais sa sœur Blaise l'interrompt en plein rituel et, tandis qu'elle se démène pour empêcher Thea de jeter l'amulette de Phoebe dans le feu, une mèche de cheveux de Suzanne Blanchet jaillit de la boîte d'argent et atterrit directement dans le brasier. Dans un violent jet de lumière, l'esprit vengeur de Suzanne revient alors parmi les vivants.

Pour quelle raison Angel attire-t-il Gillian dans la forêt en imitant les pleurs d'un enfant au début d'*Ange noir* ?

A. Car il se sent seul.

B. Pour qu'elle vienne en aide à un animal blessé.

C. Pour montrer à Gillian un objet pris dans la glace.

D. Car un membre du cercle de l'Aube y attend Gillian pour lui révéler qui elle est.

E. Pour lui faire une blague.

RÉPONSE : A

Ni sur Terre ni dans l'autre monde, Angel est coincé entre les deux dimensions. Solitaire, il est prêt à tout pour avoir un peu de compagnie. C'est pourquoi il attire Gillian par la ruse dans la forêt et orchestre son accident dans la glace. Mais juste avant que la jeune fille bascule dans l'entre-deux-mondes, Angel change d'avis. Au lieu de la tuer, il décide de la suivre sur Terre tandis que son esprit réintègre son corps. Puis il élabore un plan pour investir une enveloppe corporelle, en prenant possession de David.

Dans *La Chasseresse,* Hugh évoque le fait que le cercle de l'Aube a découvert une théorie intéressante sur la fin du monde. Qui a suggéré cette théorie et de quoi s'agit-il ?

D'après Hugh, la tribu Hopi a une théorie sur l'enchaînement de la suprématie entre les clans du Night World. Elle a la conviction que chaque clan règne sur Terre jusqu'à ce qu'une catastrophe naturelle marque la transition de l'autorité d'un groupe à l'autre.

La première civilisation était celle des métamorphes. Régnant avec leur esprit animal, ils étaient considérés comme des divinités par les humains qu'ils gouvernaient. Durant ce règne, les hommes vivaient dans des grottes et redoutaient d'en sortir. La société des métamorphes prit fin lorsque les tendances climatiques furent bouleversées par l'éruption planétaire d'immenses volcans impétueux.

Alors, tandis que les humains migrèrent un peu partout dans le monde, les sorcières prirent le pouvoir. Mais après dix mille ans de domination, il y eut un nouveau changement, qui survint avec l'âge de glace. Les sorcières luttèrent contre les vampires pour rester au pouvoir mais furent finalement vaincues.

Ces derniers jouirent aussi d'un règne de dix mille ans, jusqu'à ce qu'une nouvelle catastrophe naturelle se produisît. Cette fois, c'est un déluge qui céda le pouvoir aux humains. Selon Hugh, ce sont eux qui règnent actuellement. Depuis, les membres du Night World se tiennent à l'affût de la prochaine évolution. Hugh sent que cette transition est imminente à l'approche de 2012 – et que le sang et les ténèbres engendreront le prochain règne. L'apocalypse approche…

Thierry promet à Hana de ne plus jamais tuer et d'expier ses péchés. Durant plusieurs siècles, il œuvre pour le bien, à la tête du cercle de l'Aube. Qui d'autre doit réparer ses erreurs du passé ?

A. Ash Redfern.

B. John Quinn.

C. Galen Drache.

D. Todd Akers.

E. Chris Grady.

RÉPONSE : A

Le terrible Ash Redfern a conscience d'avoir beaucoup de choses à se faire pardonner, le jour où il fait ses adieux à Mary-Lynnette, son âme sœur, à Briar Creek. « En attendant de te revoir, je combattrai les dragons, comme un chevalier pour obtenir les faveurs de sa dame. Je ferai mes preuves. Tu seras fière de moi », lui dit-il. Par la suite, il fait tout pour réparer ses erreurs quand il rencontre Hannah chez Thierry. Il lui raconte son histoire, dans l'espoir que son expérience et celle des autres membres du cercle de l'Aube la réconforteront.

Qu'est-ce que le « bijou de sorcellerie » ?

A. Un bracelet qu'Iliana contemple dans une boutique.

B. La bague surmontée d'une rose en argent que Thierry offre à Hannah Snow.

C. L'attelle que le prince Delos garde au bras pour se protéger de la Flamme bleue des Puissances sauvages.

D. Un collier conçu par Blaise pour anéantir Eric.

E. Un médaillon que porte Jade, qui contient une photo de ses sœurs.

RÉPONSE : D

« Délicat, exquis, magique. Des vagues d'étoiles et de lunes qui [s'entrecroisent] en formant des mouvements ravissants autour de gemmes de toutes sortes, grenat vert, topaze impériale, aventurine, cinabre, saphir violet, émeraude africaine, quartz enfumé… » : le somptueux collier de Blaise fascine tous ceux qui le voient. Comme tous les bijoux fabriqués par cette sorcière, ce collier a pour fonction de jeter un sort puissant, cette fois destiné à Eric. Outre les pierres précieuses qu'elle intègre à sa création, Blaise y ajoute une goutte de sang du garçon, récupérée à son insu sur un mouchoir, à la clinique vétérinaire de Sun City.

LES HUMAINS ET ÊTRES EXTÉRIEURS AU NIGHT WORLD

Pas étonnant que les membres du Night World cachent leur existence aux humains : ces derniers ne sont pas réputés pour leur tolérance. Non seulement ils se battent entre eux, mais ils s'en prennent aussi volontiers à ceux qui sont différents, se donnant ainsi pour mission – généralement sans en être conscients – d'éliminer le Night World. Les humains sont responsables des chasses aux sorcières de l'Inquisition à la fin du XVIIIe siècle, ils ont tendance à traquer les vampires, et rares sont ceux qui réagissent favorablement lorsqu'ils croisent l'abominable homme des neiges.

Leur espèce ne possède aucun pouvoir surnaturel, et pourtant elle règne en maître depuis dix mille ans. L'apocalypse approchant, le Night World cherche à les piéger pour reconquérir le monde. Les croyances radicalement divergentes de ces deux races feront couler le sang et plongeront le monde dans les ténèbres.

Mais malgré ces extrêmes, certains humains font parfois preuve d'une grande compassion, tant envers leurs semblables qu'envers les êtres du Night World. Lorsqu'ils découvrent l'existence de cette société secrète, bon nombre en deviennent d'ardents partisans, et d'autres, qui ne la connaissent pas (encore), sont par nature tolérants et bienveillants.

Humains célèbres

Mary-Lynnette Carter Maligne, pleine d'audace et un peu fouineuse, elle est très protectrice envers ses proches, y compris Mark, son frère sensible, et Opale Burdock, sa voisine âgée. Elle envisage de devenir un vampire pour se rapprocher de son âme sœur, et aussi pour pouvoir mieux observer les étoiles.

ERIC ROSS Passionné par les animaux, il souhaite faire des études de vétérinaire. Il est très patient avec Roz, sa petite sœur au franc-parler, et Thea est totalement fascinée par son charme. Elle le voit comme quelqu'un de « tendre mais solide, courageux, profondément perspicace, timide mais doué d'un étonnant sens de l'humour ». Si ce n'est qu'il ne fait pas partie du Night World, Eric est le garçon idéal.

CLAIRE GODDARD Cousine humaine de Jez, Claire est assez guindée et prude, la copie conforme de Nanami, sa mère, en plus jeune. Elle ignore l'existence du Night World, jusqu'au jour où elle suit Jez à la gare ferroviaire, où elles sont attaquées par des loups-garous. Cette découverte est un véritable choc pour elle, mais très vite elle se montre d'un grand soutien et étonnement protectrice envers sa cousine. Par ailleurs, certains la soupçonnent de détenir la Flamme bleue.

VOUS ÊTES PEUT-ÊTRE UN HUMAIN SI…

- Pour vous, les vampires se transforment en chauves-souris et les sorcières portent des capes noires.
- Vous avez entendu dire que le Night World était un parc à thème semblable à Disney World.
- Pour vous, les loups-garous sont des humains qui se transforment les nuits de pleine lune.
- Quand on vous dit « sort » et « formule », vous pensez simplement « destin » et « algèbre ».
- Pour vous, le meilleur endroit où chercher une autre forme de vie, c'est sur une autre planète.
- Vous pensez que la seule personne capable de vous pomper littéralement l'air est un professeur ennuyeux.

TESTEZ VOS CONNAISSANCES…

Qui était Angel ?

A. David Blackburn.

B. Un démon.

C. Iliana Harman.

D. La personne chargée de l'accueil dans l'au-delà.

E. Gary Fargeon.

RÉPONSE : E

Angel est le fantôme de Gary Fargeon, qui est à la fois un descendant du sorcier Emmeth Harman et un cousin de Gillian. C'est un sorcier égaré, jusqu'au jour où des membres du cercle de l'Aube le trouvent et lui révèlent son ascendance. Désireux de s'endurcir, il s'entraîne à la magie dans les bois. Mais il commet un crime effroyable tandis qu'il expérimente un sortilège basé sur le feu. Peu de temps après, il meurt dans un accident de voiture. Sa mission sur Terre restant inachevée, il échoue dans l'entre-deux-mondes.

Jeremy n'est pas celui que Mary-Lynnette croit. Comment se défend-elle, ainsi qu'Ash, contre ses attaques ?

A. Avec une balle en argent.

B. Grâce à des techniques d'autodéfense apprises chez les scouts.

C. À l'aide du feu.

D. Avec un couteau à fruit en argent.

E. En profitant d'un moment d'inattention pour le mordre.

RÉPONSE : D

Jeremy Lovett est un loup-garou, et qui plus est un hors-la-loi aux instincts territoriaux particulièrement farouches. En guise de message à l'intention des vampires, il tue Mme Burdock et une de ses chèvres pour les inciter à quitter son domaine de chasse. En outre, Jeremy est déterminé à empêcher Mary-Lynnette de tomber sous le charme d'Ash. Lorsqu'il se retourne contre elle, cette dernière court à sa voiture pour récupérer le couteau qu'elle avait emprunté à Mme Burdock pour déloger le bouchon tout rouillé du réservoir de son break. C'est armée de ce couteau à fruit en argent qu'elle affronte Jeremy.

À son arrivée à Las Vegas, Poppy a une faim de loup. Qui la nourrit ?

A. Ash Redfern.

B. James Rasmussen.

C. Thea Harman.

D. Phillip North.

E. Blaise Harman.

RÉPONSE : C

Poppy est nourrie juste après que James et son frère Phillip l'ont déterrée, mais lorsqu'elle arrive à Las Vegas, le soir même, elle n'a rien avalé d'autre de la journée. La nourriture des humains n'a aucune valeur nutritive pour elle, et elle redoute que sa soif de sang ne la pousse à sauter sur le premier individu qu'elle croise. Par chance, Ash l'emmène chez ses cousines Thea et Blaise. Remarquant la mine affaiblie et pâle de Poppy, Thea lui propose son sang.

Les Âmes anciennes

Une Âme ancienne fait référence à un de ces êtres capables de se réincarner après la mort, sous les traits d'une autre personne, à une autre époque et dans un autre lieu. Au sein du Night World, personne ne sait vraiment qui en a le pouvoir, ni comment cela est possible, mais la croyance veut que les vampires soient exclus du processus, puisqu'en principe ils n'ont pas d'âme.

En général, ces Âmes anciennes suivent un cycle de vie identique dans chacune de leurs existences. Toutefois, si certaines expériences familières peuvent susciter une impression de déjà-vu, elles se souviennent rarement de leurs vies antérieures, de ce qu'elles ont fait ou des personnes qu'elles ont connues. Il arrive que ces êtres aient été persécutés dans l'une de leurs existences, néanmoins, ils ne reviennent par sur Terre pour régler leurs comptes ou réparer une injustice. Le fait est que même si elle « perfectionne » une de ses vies, une Âme ancienne a quand même toutes les chances de se réincarner à nouveau. Les préjudices qu'elle a subis au cours de sa dernière existence déterminent à quel moment son âme se réveillera une fois de plus. Tantôt elle ne nécessite qu'un court répit ; tantôt la réincarnation prend des années.

Quand elle revient sur Terre, cette réincarnation possède généralement des caractéristiques de la personne qu'elle était dans sa vie précédente. Bien que vêtue d'une nouvelle enveloppe charnelle, elle peut porter le même nom, avoir la même coupe de cheveux ou les mêmes hobbies, ce qui la rend plus facilement identifiable aux yeux des membres du Night World âgés de plusieurs siècles. Le caractère fondamental de ces créatures est toujours le même : leur âme ne change pas.

Il n'est pas inhabituel que certains de leurs amis se réincarnent en même temps qu'elles. Bien qu'on présume qu'elles constituent une petite partie de la population humaine, il est impossible de les recenser.

Âmes anciennes

Hannah Snow C'est probablement la plus célèbre des Âmes anciennes dans la série *Night World*. Sa rencontre avec Thierry, son âme sœur, remonte à sa première existence, durant la préhistoire, époque à laquelle elle portait le nom d'Hana des Trois Rivières. Son histoire est retracée dans *Âmes sœurs*.

Hugh Davis Ami de Jez dans *La Chasseresse*, Hugh a les cheveux mi-longs et boite un peu suite à une attaque de loup-garou. Cette Âme ancienne est assez exceptionnelle car elle est « lucide ». Non seulement Hugh a la faculté de se souvenir de ses vies antérieures mais, chaque fois qu'il se réincarne, il revient plus intelligent et plus en accord avec lui-même.

Iona Skelton Dans *La Chasseresse*, Iona, huit ans, est sauvée d'un incendie grâce à la Flamme bleue. Prise à tort pour une des quatre Puissances sauvages et enlevée par la bande de Jez, la petite fille est incapable d'invoquer le pouvoir que ses ravisseurs convoitent. La maturité précoce dont elle fait preuve, son sang-froid et sa sérénité prouvent qu'elle est une Âme ancienne.

VOUS ÊTES PEUT-ÊTRE UNE ÂME ANCIENNE SI…

• Vous rédigez vos mémoires, qui sont aussi le sujet d'une dissertation pour votre cours d'histoire de l'Antiquité.

• Vous avez souvent des impressions de déjà-vu.

• Quand quelqu'un vous dit « jamais de la vie ! » vous ne le prenez pas mal car vous savez qu'il y en aura une autre.

• Vous êtes très mature pour votre âge.

• Vous êtes convaincu que c'est en forgeant qu'on devient forgeron.

• Vous trouvez dommage que les chats n'aient que neuf vies.

« Quand apprendront-ils que les sorcières ne portent pas de chapeaux pointus ? »

Des deux cousines, Blaise, l'émotive, est la plus encline à s'enflammer, mais c'est Thea qui se met en colère quand elle apprend que les élèves de son lycée ont choisi le thème des sorcières pour la soirée d'Halloween. Vu leurs déguisements ridicules et les instruments de torture que ces derniers élaborent, il n'est pas étonnant qu'elle trouve les humains un peu stupides et obtus.

Testez vos connaissances...

Hana des Trois Rivières est une âme réincarnée. Laquelle des personnes suivantes n'a-t-elle pas été ?

A. Annette du Québec.

B. Ha-nahkt du pays des Deux Terres.

C. Anne de Saint-James Place.

D. Hannah Snow du Montana.

E. Anora.

RÉPONSE : C

Signifiant « grâce suprême » en hébreu, Hana et ses parentes Ha-nahkt et Hannah sont toutes des existences au cours desquelles Thierry et Hannah sont destinés à être ensemble… et fatalement séparés. Hana incarna aussi Annette du Québec, et elle se souvient par ailleurs avoir été une esclave, une guerrière, et même une princesse, quand elle était « Hanje, Anora, Xiana, Nan Haine, Honni, Ian ».

Après avoir été poignardée dans *La Chasseresse*, à quoi Jez doit-elle son salut ?

A. Au lien d'argent qui la relie à Morgead.

B. À la Flamme bleue de Claire.

C. À une incantation prononcée par une infirmière du cercle de l'Aube.

D. À un baume de fleur d'iris noir séché et aux larmes de Morgead.

E. Aux pouvoirs d'Hugh, en tant qu'Âme ancienne.

RÉPONSE : A

Poignardée par le loup-garou Azarius, Jez n'utilise pas son pouvoir de la Flamme bleue pour se défendre. Un éclair jaillit quand Pierce s'apprête à tuer Morgead, dont elle est amoureuse et qu'elle veut protéger. Lily Redfern, Pierce Holt et Azarius s'évaporent alors dans les flammes tandis que Jez est laissée à l'agonie. Le lien qui relie son cœur à celui de Morgead lui permet de revenir à la vie.

À quel moment Rashel éprouve-t-elle pour la première fois de la compassion pour Quinn ?

A. Quand il prend la défense de ses amis vampires pour épargner leurs vies à ses dépens.

B. Quand il reconnaît l'intégrité de Rashel et qu'il en fait l'éloge.

C. En voyant ses traits ciselés, elle est submergée par la beauté de Quinn.

D. Elle est littéralement hypnotisée par sa voix.

E. En découvrant qu'ils partagent une passion commune pour les armes japonaises.

RÉPONSE : B

Ni chocolats ni roses ne peuvent conquérir le cœur de Rashel. Farouche combattante, elle admire la force, l'astuce et la détermination dont les guerriers talentueux font preuve. Par ailleurs, elle se sent tenue par un code d'honneur. Quinn l'a bien compris, et c'est ce qui fait que Rashel le respecte. Bien que rivaux, ils se traitent d'égal à égal, ce qui pousse la jeune femme à éprouver de la compassion pour lui.

« La nuit a mille yeux. » Que devez-vous répondre à cette affirmation ?

A. « Mais l'amour est aveugle. »

B. « Et le jour un seul. »

C. « Avance avec précaution, car tu es surveillé. »

D. « Prends garde à l'appel des ténèbres. »

E. « Guette attentivement les étoiles filantes. »

RÉPONSE : B

Si vous voulez assister à une assemblée de Lancers, le corps de chasseurs de vampires auquel Rashel s'affilie dans *L'Élue,* vous devez connaître le mot de passe. Cette dernière sait quoi dire quand elle sonne à l'interphone de leur planque. C'est Elliot, le fondateur de l'organisation, qui lui répond : « Et le jour un seul. » Dans ce contexte, ces mots évoquent le nombre de vampires qui traquent les humains (mille yeux) et le nombre de chasseurs de vampires isolés (qui travaillent seuls, pour ne pas se faire repérer) qui protègent la société.

LES FONDEMENTS DU NIGHT WORLD

LA PROPHÉTIE

Quatre se tiennent entre ombre et lumière,
Quatre de la Flamme bleue, la puissance dans le sang.
Apparus l'année de la vision de la Demoiselle aveugle ;
Quatre moins une et les ténèbres l'emporteront.

Quatre Puissances sauvages ont été envoyées pour combattre l'apocalypse imminente. Chacune d'elles dispose de la Flamme bleue, pouvoir suprême plus redoutable que le feu des sorcières, capable de vaincre le plus puissant des sorts ou la plus féroce des créatures. Cependant, pour pouvoir l'invoquer, les quatre puissances doivent rassembler leurs forces et renoncer à une part d'elles-mêmes, autrement dit : leur sang doit couler.

Ces forces ancestrales sont toutes nées la même année, avant qu'Aradia – la Demoiselle dans la triade des sorcières – perde la vue. Ce qui signifie que chaque être incarnant cette force est désormais âgé de dix-sept ans et s'apprête, non pas à passer le bac, mais à se battre contre la fin du monde. Ce combat nécessitera les plus grandes détermination et entraide. Si l'un d'eux venait à changer de camp ou à échouer, la cause serait perdue…

Les vampires attendent avec impatience la fin du règne humain. Assoiffés de sang, ils sont convaincus que l'apocalypse les ramènera au pouvoir. Mais ils sont le seul clan encore rangé du côté du Night World. Toutes les sorcières, excepté les plus maléfiques du cercle de Minuit, ont fait sécession. Les Ninjas de l'ombre, un groupe clandestin de vampires et de métamorphes, ont hâte de se battre au nom du Night World. Leur alliance sera-t-elle suffisamment puissante ?

Serrant les rangs, le cercle de l'Aube rassemble tout le soutien possible pour affronter les ténèbres, et leur nombre ne cesse d'accroître. Toutefois, au milieu de cette agitation, les humains ne se doutent pas un instant que les quatre Puissances sauvages sont en train de renaître, et que la plus grande lutte de pouvoirs est sur le point de s'engager.

Le cercle de l'Aube

Un des premiers cercles de sorcières, le cercle de l'Aube a été fondé à une époque où ces dernières prenaient des humains pour époux, afin de compenser la faible population de sorciers. Validant ces unions interraciales, le Cercle a alors appris la magie aux humains.

Relancé par Thierry pour réparer ses méfaits, le cercle de l'Aube est une communauté secrète au sein du Night World contemporain. Des couples composés d'un membre du Night World et d'un humain y trouvent refuge et soutien, et l'expansion du principe des âmes sœurs renforce l'intérêt croissant de ce groupe.

L'ère des ténèbres approchant, les effectifs et les buts du Cercle se multiplient. Ses membres ont pour mission de retrouver et protéger les quatre Puissances sauvages. Persuadé que les créatures de la nuit et les humains peuvent cohabiter pacifiquement, le Cercle est ainsi devenu un parti politique à part entière.

Les rebelles, c'est-à-dire les vampires et les sorcières les plus diaboliques, conservent une grande influence. Et tandis que le cercle de l'Aube et le Night World se battent pour retrouver la dernière des quatre Puissances sauvages, le sort du monde reste en suspens.

LE PRINCIPE DES ÂMES SŒURS

Le principe des âmes sœurs est un fait avéré au sein du Night World : à chaque être correspond un partenaire idéal. Non seulement vous êtes compatible avec cette personne, mais le lien entre vous est incontestable : même si vous n'êtes pas amoureux ou que vous vous déplaisez au départ, il est détectable dès le premier contact physique.

Il existe un lien télépathique particulier entre les âmes sœurs, qui dépasse celui partagé par certains vampires et sorcières. Littéralement fascinant, il permet à chaque âme sœur de pénétrer le psychisme, le cœur et l'âme de l'autre. La plupart des âmes sœurs ont aussi la faculté de voir un lien d'argent qui unit leurs deux êtres. Il est étirable à l'infini, et incassable. Cette relation est plus forte que n'importe quels amitié ou lien familial. Comme James l'explique à son âme sœur Poppy : « On n'aime pas quelqu'un à cause de son apparence ni de ses vêtements ou de sa voiture. On aime quelqu'un parce qu'il chante une chanson que personne d'autre ne peut comprendre. »

La distance peut tenir deux âmes sœurs éloignées, mais en général elles finissent toujours par se (re)trouver, attirées et réunies par le destin. Et quand cela arrive, c'est électrique !

Mais l'amour, même entre âmes sœurs, n'est pas toujours évident, en particulier quand ces dernières appartiennent à deux mondes différents. Au sein du Night World, tomber amoureux d'un humain est passible de la peine de mort. Cependant, comme le pense Thea : « Et s'il existait une magie plus puissante que tous ces sortilèges ? Et si le principe des âmes sœurs était seul responsable, et si, lorsque deux personnes étaient destinées l'une à l'autre, rien ne pouvait les séparer ? »

L'une de la terre de rois longtemps oubliés ;
L'une du foyer où vit encore l'étincelle ;
L'une du Day World où deux yeux veillent ;
L'une du crépuscule qui épousera l'obscurité.

L'UNE DE LA TERRE DE ROIS LONGTEMPS OUBLIÉS

Prince du royaume des Ténèbres, Delos est un vampire doté du pouvoir suprême : la Flamme bleue. Tout petit, ce membre de la famille Redfern a été formé pour l'invoquer à la demande de son père. Ses yeux dorés sont fascinants, mais emplis de douleur. « Traité comme une vulgaire arme depuis sa naissance », Delos est le plus à même de comprendre à la fois le don et la malédiction inhérents au fait d'être une Puissance sauvage. Il rompt les liens avec sa famille, son passé et les fers qui l'entravent, afin de décider seul de sa destinée.

Persuadé par son âme sœur Maggie d'écouter son cœur, Delos aspire à un plus grand avenir que celui que lui prédisait son géniteur. Il décide de gouverner les vampires au royaume de l'Aube noire, non pas avec une poigne de fer, mais fermement toutefois. Grâce à Maggie, il comprend qu'il n'a pas besoin de changer dans l'adversité : s'il reste fidèle à lui-même, il trouvera en lui la force nécessaire.

L'UNE DU FOYER OÙ VIT ENCORE L'ÉTINCELLE

Iliana Harman est la Sorcière Égarée. Les sorcières ont prédit que, grâce à elle, leur clan et celui des métamorphes s'uniraient par le mariage. Ces derniers rejoindraient alors les rangs du cercle de l'Aube, renforçant son armée en vue du combat imminent contre les Ténèbres. Les sorcières attendent l'arrivée de cette enfant depuis des siècles, mais on ignore si les métamorphes éprouvent le même enthousiasme.

Comme pour la plupart des autres Puissances sauvages, Iliana n'a pas conscience de sa faculté de faire appel à la Flamme bleue. En fait, elle ignore tout du Night World et de son rôle dans cette société, avant de tomber dans l'embuscade tendue par Keller et un dragon, dans la boutique Hallmark du centre commercial.

Iliana est une jeune fille pure, voire fragile, ce qui, comme l'affirme Winnie dans *Le feu de la sorcière,* « ne veut pas dire *froussarde* ». Elle est d'une générosité extraordinaire, et l'intérêt sincère qu'elle porte aux autres fait d'elle une personne aimée de tous. Elle respire la joie, et beaucoup apprécient le calme de sa compagnie, d'où sa popularité au lycée. Ses cheveux blonds et ses yeux violets fascinent les garçons, mais ceux qui connaissent bien le Night World savent que ces traits sont propres aux Harman.

Iliana parvient à invoquer le pouvoir du temps, transformant son feu de sorcière en Flamme bleue, lors de sa bataille contre Azhdeha.

L'UNE DU DAY WORLD OÙ DEUX YEUX VEILLENT

Avec sa chevelure flamboyante, son tempérament irascible et sa personnalité charismatique, Jez a incontestablement sa place dans l'arbre généalogique de la famille Redfern. Mais le jour où un secret de son passé fait irruption dans le présent, elle est contrainte de réévaluer tout ce qu'elle sait… et de quitter le Night World.

Car Jez est en partie humaine. Une vermine identique à celle qu'elle a passé sa vie à traquer, juste pour le plaisir. Percevant ses origines sous un nouveau jour, elle abandonne sa vie de chasseuse pour défendre et protéger les humains contre la violence du Night World.

Mais alors que les quatre Puissances sauvages commencent à réapparaître, Jez apprend que l'une d'elles réside dans un de ses anciens repaires. Ne demandant qu'à aider le cercle de l'Aube, elle retourne sur le territoire de son passé pour affronter le vampire qui l'a remplacée à la tête de son clan et, bien sûr, trouver cette force ancestrale avant lui. Bien qu'elle n'ait aucun mal à s'infiltrer parmi ses anciens complices, très vite, elle s'aperçoit qu'elle doit se fier à son instinct humain si elle veut se faire passer pour l'une des leurs.

Mi-humaine, mi-vampire, Jez est la première créature hybride. Quand elle n'utilise pas ses pouvoirs de vampire, elle n'a nullement besoin de se nourrir du sang des mortels. Et parce qu'elle est en partie humaine, elle n'éprouve pas les faiblesses des vampires. Entre le soleil qui veille dans le ciel des hommes, et la lune qui guette depuis le monde de la nuit, Jez découvre que c'est elle, la Puissance sauvage de sang-mêlé, envoyée pour protéger chaque monde l'un de l'autre.

L'UNE DU CRÉPUSCULE QUI ÉPOUSERA L'OBSCURITÉ

Des secrets doivent être révélés…

TEST : DE QUEL CLAN ÊTES-VOUS ?

Faites-vous partie du Night World ? Préféreriez-vous fréquenter les Harman ou partir en vacances avec une meute de loups-garous ? Répondez aux questions suivantes, puis reportez-vous aux résultats pour découvrir à quel clan vous appartenez !

1. Votre âme sœur vous offre des fleurs pour la Saint-Valentin. De quoi se compose votre bouquet ?

A. D'iris noirs, peut-être même de roses noires.

B. De digitales pourpres.

C. De dahlias noirs.

D. Des métamorphes sont cachés à l'intérieur.

E. Des fleurs noires ? Quelle horreur ! Vous espérez plutôt un bouquet rose, rouge et blanc.

2. Quel type de voiture conduisez-vous ?

A. Bien que ce ne soit pas le plus beau carrosse du quartier, vous aviez toujours pu compter sur votre vieux break... jusqu'au jour où le moteur a pris feu. Mais vous connaissez des gens qui ont une voiture (type Ford) et certains qui en ont même de très cool (type BMW décapotable), qui peuvent vous emmener.

B. Une Honda, modèle Acura Integra noir.

C. En général, vous faites du covoiturage avec vos amis, donc tout dépend de qui conduit.

D. Vous n'avez pas de voiture, et même si vous mettez un peu plus longtemps à arriver à destination, vous aimez bien marcher.

E. Une Chevrolet Corvette ou une Ford Lincoln Continental.

3. Vous travaillez sur un projet multimédia pour votre cours de technologie. Quel matériau éviterez-vous ?

A. Le fer.

B. Peu importe. Vous ferez avec les moyens du bord.

C. L'argent.

D. Le bois.

E. Désolé(e), quand il s'agit de choix esthétiques, vous préférez les garder pour vous.

4. Vous êtes amoureux(se). Quel est la première chose qui vous a attiré(e) chez lui/elle ?

A. Vous deux, c'est le yin et le yang : vous êtes complémentaires.

B. Son vaste savoir sur les divinités, et le respect qu'il/elle témoigne à sa mère.

C. Cet endroit délicat du cou, juste sous l'oreille…

D. Son sens de l'humour.

E. Sa bienveillance.

5. Quel est l'événement/la fête que vous préférez ?

A. Les éclipses de lune.

B. Ça varie d'une année à l'autre.

C. Les anniversaires, c'est super, non ?

D. Les solstices, autant d'hiver que d'été.

E. L'équinoxe de printemps, ou bien un jour de l'année où l'on peut faire honneur à sa famille et à son héritage.

6. Quelles dispositions aimeriez-vous qu'on prenne à votre mort ?

A. Enterrement ou incinération, peu importe. *A priori,* je ne serai plus là pour voir ça, non ?

B. Euh... je ne compte pas mourir, OK ?

C. Tout dépend de la façon dont je meurs...

D. Pas d'empaillage – enfin, d'embaumement. Un cercueil fera l'affaire.

E. Je n'aime pas le feu, donc si vous pouviez m'épargner les funérailles vikings, ce serait sympa.

7. Quand il s'agit de la famille…

A. Vous êtes capable de remonter votre arbre généalogique jusqu'à la préhistoire.

B. Parfois, vos parents sont vraiment casse-pieds, mais au fond, vous les adorez.

C. Vous êtes proches mais ne partagez aucun repas ensemble.

D. C'est ce qui compte le plus. Vous feriez tout pour elle.

E. C'est compliqué… Votre famille, ce sont vos amis.

Calculez votre résultat :

1. A. ☀
B. ☾
C. 🧹
D. 🐈
E. ★

2. A. ★
B. ☀
C. 🐈
D. ☾
E. 🧹

3. A. 🧹
B. ★
C. ☾
D. ☀
E. 🐈

4. A. 🐈
B. 🧹
C. ☀
D. ★
E. ☾

5. A. ☾
B. 🐈
C. ★
D. 🧹
E. ☀

6. A. ★
B. ☀
C. 🐈
D. ☾
E. 🧹

7. A. 🧹
B. ★
C. ☾
D. ☀
E. 🐈

Majorité de ✷ : vous êtes un(e) lamie

Quand on naît vampire, c'est pour la vie. Dévoué(e) à votre famille et respectueux(/se) de votre héritage, vous êtes très fier(/ière) de votre clan. Vous croyez toujours tout savoir et êtes têtu(e) à l'excès, ce qui n'est sans doute pas sans rapport avec le fait que vous soyez immortel. Vous frôlez la perfection, et tentez parfois de changer les autres pour qu'ils vous ressemblent.

Majorité de ☾ : vous êtes un loup-garou

Vous êtes un loup-garou jusqu'au bout des griffes, mais vous passez une bonne partie de votre existence sous votre apparence humaine. Les autres clans du Night World vous méprisent, et il vous arrive de penser que, dans ce monde, « les loups se mangent entre eux ». Parfois, vous êtes fidèle à une meute, mais il y a de fortes chances pour que vous soyez un solitaire, qui défend farouchement son territoire. La bonne nouvelle ? Côté crinière, vous n'avez pas de problème de volume !

Majorité de  : vous êtes une sorcière

Vous connaissez la formule du succès et la suivez à la lettre ! Vous êtes capable de citer le nom de vos ancêtres jusqu'à la préhistoire et glorifiez les matriarches de votre famille. Parfois, le poids de la tradition vous pèse, mais vous êtes toujours soutenue par votre cercle d'amis.

Majorité de  : vous êtes un(e) métamorphe

Difficile à cerner, imprévisible, souple : votre espèce aime les extrêmes. Que vous vous considériez comme quelqu'un de sympa et serein, ou de bagarreur et intrépide, vous vous montrez très protecteur(/trice) envers vos amis et votre famille. Votre instinct presque animal vous aide à évaluer tous les paramètres d'une situation et à manœuvrer avec une précision d'orfèvre.

Majorité de ★ : vous êtes un être humain

Le Night *quoi* ? Pff, n'importe quoi ! Vous avez trop d'imagination ! Les créatures des ténèbres, c'est dans les films d'horreur et les romans. Maintenant, à table : j'ai faim !

Résultats ***ex aequo*** **:** vos parents sont issus de deux clans différents, et leurs deux sangs coulent dans vos veines. Vous vous sentez bien comme ça, car ça vous rend unique, et les membres du cercle de l'Aube vous acceptent tel que vous êtes.

TEST : QUEL COUPLE D'ÂMES SŒURS FORMEREZ-VOUS ?

Vous êtes à la recherche de votre âme sœur ? Découvrez quel type de relation au sein du Night World vous est destiné, en répondant aux questions suivantes. Puis reportez-vous aux résultats pour trouver votre âme sœur !

1. En arrivant à une soirée…

A. Bien qu'accompagné(e) de votre chéri(e), vous faites d'abord un tour chacun de son côté, avant de le/la retrouver sur le canapé avec vos amis.

B. Vous dites bonjour à quelques personnes tout en vous frayant un chemin jusqu'à la chaîne hi-fi, prêt(e) à donner un coup de main au DJ.

C. Vous souriez à chacun(e) comme si c'était votre meilleur(e) ami(e). Vous êtes quelqu'un d'altruiste et ne savez pas toujours discerner les gens qui profitent de vous.

D. Vous allez directement dans le jardin pour voir ce qui s'y passe. L'endroit étant plus calme, vous pouvez avoir des conversations plus profondes, et espionner ceux qui tentent de profiter de l'obscurité !

E. Vous saluez les personnes que vous connaissez d'un signe de tête, puis allez prendre place dos à un mur, entre un saladier de chips et une porte de sortie.

F. Vous foncez vers la piste de danse. C'est le moment d'en mettre plein la vue à tout le monde !

2. Quelle doit être la principale qualité de votre âme sœur ?

A. Pff, il y en a des tonnes… Si seulement je pouvais trouver toutes ces qualités chez une seule et même personne !

B. Elle apporte un certain équilibre à ma vie.

C. Elle me stimule, sur le plan tant intellectuel que physique.

D. Elle est toujours là pour moi, même dans les moments difficiles.

E. Elle me tient chaud sous la couette…

F. Elle sait qui je suis vraiment.

3. Quel célèbre couple imaginaire admirez-vous le plus ?

A. Roméo et Juliette, de la pièce de Shakespeare qu'on ne nomme plus.

B. Holden Caulfield et les filles dans *L'Attrape-Cœurs* de J. D. Salinger.

C. Mr Darcy et Elizabeth Bennet dans *Orgueil et préjugés* de Jane Austen.

D. Mowgli et Baloo dans *Le Livre de la jungle* de Rudyard Kipling.

E. Le prince Philippe et la princesse Aurore dans *La Belle au bois dormant*.

F. Le capitaine Li Shang et Mulan dans *Mulan*.

4. Vous avez prévu de passer l'après-midi au parc avec votre âme sœur. Qu'emportez-vous ?

A. Un frisbee. Peut-être même un tapis de yoga. Vous n'êtes pas du genre à rester assis sans rien faire et estimez qu'il faut toujours garder une certaine autodiscipline. Cela dit, vous avez un faible pour les beignets à la confiture. Vous en emportez aussi.

B. Des baies sauvages cueillies près de chez vous, et un guide d'observation de la nature pour identifier tous les cailloux ou fossiles que vous pourriez trouver.

C. Quelques canettes de Coca, de la musique trance pour planer, un parasol et deux paires de lunettes de soleil ultrafoncées.

D. Du thé glacé, un paquet de bonbons et des magazines. Vous savez que votre âme sœur sera déjà passée à l'épicerie fine pour acheter tout ce qu'il faut pour un pique-nique.

E. Un recueil de poèmes et un jeu d'échecs.

F. Du jus d'abricot, de l'eau gazeuse et des sandwichs. Ne pas oublier les jumelles pour mater les passants !

5. Si vous aviez l'opportunité de faire un voyage de rêve avec votre âme sœur, quelle serait la destination ?

A. Un endroit avec une vue imprenable sur la prochaine éclipse.

B. Le japon.

C. Une forêt tropicale.

D. Un lieu exotique, comme l'Égypte.

E. Un endroit somptueux : un hôtel cinq étoiles ou pourquoi pas, un paquebot de luxe.

F. Las Vegas ou la côte Ouest.

6. Vous vous préparez pour le premier bal de l'année du lycée. Quelle tenue enfilez-vous ?

A. Adepte des vêtements moulants, vous optez pour une combinaison-pantalon à encolure profonde.

B. Quelque chose de décontracté et confortable. Pour vous, le but de cette soirée est de profiter de vos amis, pas de frimer.

C. Vous avez l'intention d'assortir un jean foncé avec une superbe veste en cuir.

D. Vous ne savez pas trop pour l'instant, mais vu que vous avez surtout du noir dans votre penderie, votre tenue sera sûrement de cette couleur.

E. Un fourreau en lin blanc, avec un collier de grosses perles.

F. Un smoking avec des boutons de manchettes. Vous savez vous habiller classe et faire en sorte qu'on ne voit que vous dans une foule.

7. Votre âme sœur, qui vous connaît mieux que quiconque, vous a préparé une surprise. À votre avis, de quoi s'agit-il ?

A. Un cornet de glace, suivi d'une balade chez le disquaire, où vous avez droit à deux albums de votre choix. Exactement comme lors de votre rencontre !

B. Vous passez la soirée en plein air, à vous embrasser devant le coucher de soleil, puis sous les étoiles...

C. Vous espérez qu'il/elle a prévu un dîner gastronomique dans un restaurant chic. Et quand il/elle passera vous chercher, chéri(e) a intérêt à vous laisser le volant car c'est vous qui conduirez. Et pas de discussion !

D. Vous assistez ensemble à un cours particulier d'autodéfense, puis vous allez faire une longue promenade.

E. Vous avez si peu l'occasion de passer du temps tous les deux que le simple fait d'être ensemble vous fait plaisir. Cela dit, vous n'avez rien contre une soirée extravagante, avec limousine !

F. Vous choisissez un film à l'affiche au ciné (juste au cas où) et, bien que d'habitude vous ayez du mal à vous lâcher, vous êtes fou(/folle) de joie en découvrant que votre chéri(e) vous emmène à une fête foraine, et gagne même des peluches pour vous !

8. Vous vous disputez avec votre âme sœur. Que se passe-t-il ensuite ?

A. Votre chéri(e) a le don de savoir vous calmer quand vous vous mettez en colère. Des mots doux et un massage relaxant suffisent à vous redonner le sourire.

B. Une dispute ? Quelle dispute ? Ça ne vous arrive jamais. Mais le cas échéant, vous bouderiez cinq minutes, et vous rabibocheriez aussitôt !

C. Vous êtes dans tous vos états. Vous criez et quittez la pièce comme une furie ! Mais demain est un autre jour, et tout sera oublié.

D. Après quelques remarques cinglantes, vous cessez de hurler, et finalement vous vous rendez compte que vous avez tous les deux raison. Vous consentez à ne pas être d'accord.

E. Bien que tenté(e) de faire la tête sans desserrer les dents, vous décidez de vous comporter en adulte et entamez une discussion posée.

F. Les disputes, c'est votre truc. Et c'est votre âme sœur qui devra s'excuser la première. Personne ne réussira à vous amadouer pour vous entendre dire « je suis désolé(e) ».

9. Comment décririez-vous la relation que votre âme sœur entretient avec votre famille ?

A. Vos parents sont morts, mais votre âme sœur vous aide à leur rendre hommage.

B. Vous n'avez pas encore eu le temps de faire les présentations, mais vous êtes sûr(e) qu'ils s'entendront bien.

C. L'atmosphère est parfois un peu tendue quand tout le monde est réuni, mais c'est uniquement parce que votre famille ne le/la connaît pas encore très bien.

D. Étant donné que, pour votre âme sœur, vous êtes la personne la plus merveilleuse de votre famille, elle n'a d'yeux que pour vous. Et c'est très bien comme ça.

E. Votre famille, *c'est* votre âme sœur.

F. Votre âme sœur a tout de suite plu à votre famille.

CALCULEZ VOTRE RÉSULTAT :

1. A.
B.
C.
D.
E.
F.

2. A.
B.
C.
D.
E.
F.

3. A.
B.
C.
D.
E.
F.

4. A.
B.
C.
D.
E.
F.

5. A.
B.
C.
D.
E.
F.

6. A.
B.
C.
D.
E.
F.

7. A.
B.
C.
D.
E.
F.

8. A.
B.
C.
D.
E.
F.

9. A.
B.
C.
D.
E.
F.

Majorité de ☀ : votre relation d'âmes sœurs s'apparente au couple Poppy + James

Vous étiez amis bien avant de prendre conscience que vous êtes faits l'un pour l'autre. Et puis, un jour, tout change et... rien ne change. Vous faites confiance à votre âme sœur comme à personne, et c'est avec elle et elle seule que vous avez envie d'être. Vous vous sentez en sécurité quand vous êtes ensemble, et êtes impatient(e) d'explorer cette nouvelle étape de votre amitié.

Majorité de ☾ : votre relation d'âmes sœurs s'apparente au couple Mary-Lynnette + Ash

Aussi impétueux et malins l'un que l'autre, vous avez tendance à vous mêler de ce qui ne vous regarde pas. Vous n'êtes pas toujours sur la même longueur d'onde, mais quand vous canalisez vos énergies dans votre relation, votre passion brûle de mille feux, comme un soleil au zénith.

Majorité de ★ : votre relation d'âmes sœurs s'apparente au couple Blaise + *un garçon sexy*

Bon, d'accord : ce n'est pas tout à fait votre âme sœur. Soit. Le fait est que vous ne l'avez pas encore trouvée. Mais ce n'est pas une raison pour rester assis(e) à vous morfondre dans le canapé. Vous aimez sortir et vous amuser. Et si, dans l'intervalle, vous avez l'occasion de mettre plusieurs prétendants en compétition, pourquoi pas...

Majorité de  : votre relation d'âmes sœurs s'apparente au couple Rashel + Quinn

Vous êtes sérieux(se) dans tout ce que vous faites, et vos histoires de cœur ne font pas exception. Discipline et réserve font partie intégrante de vous, bien que certains vous perçoivent comme quelqu'un de froid et distant. Heureusement, votre âme sœur trouve que ces qualités ajoutent au trouble romantique.

Majorité de  : votre relation d'âmes sœurs s'apparente au couple Hannah + Thierry

Vous êtes quelqu'un de charmant et de compatissant, et il arrive que des personnes abusent de votre bonté – mais pas votre âme sœur. Cette dernière est déterminée à agir pour votre bien, même si vous avez eu quelques incidents de parcours. Vous êtes tournés vers l'avenir et ne regardez jamais en arrière.

Majorité de  : votre relation d'âmes sœurs s'apparente au couple Keller + Galen que vous découvrirez dans le tome 9

Votre âme sœur et vous êtes la preuve que les contraires s'attirent. On ne pourrait trouver deux êtres plus différents, mais totalement complémentaires. Si votre relation n'en pâtit pas, vous êtes prêt(e) à changer afin de vous épanouir ensemble.

Entretien avec L. J. Smith

Lisa Jane Smith a écrit la saga *Night World,* puis c'est vous qui lui avez écrit. Au fil des ans, elle a reçu un nombre incalculable de lettres et de courriels. Aujourd'hui, elle a sélectionné dix des questions qui lui ont été posées, parmi les plus intéressantes et les plus fréquentes, et elle y a répondu. Divertissant et sincère, voici Lisa et le Night World en toute intimité !

Quand avez-vous décidé de devenir écrivain et quand avez-vous commencé à écrire ?

On me pose souvent cette question, et tout ce que je peux dire, c'est que j'ai commencé à inventer des histoires avant même de savoir lire. Contrairement à certains auteurs qui étaient des enfants prodiges, je n'ai appris à lire qu'en CP. Chaque fois que j'entendais le récit d'un événement à la télé ou dans une conversation, je ne pouvais pas m'empêcher d'imaginer la suite ou bien ce que je ferais si c'était à moi que ça arrivait. Je m'inventais aussi des aventures palpitantes, dont j'étais l'héroïne – moi ou une personne intéressante de mon entourage. Maya est probablement un amalgame de toutes les baby-sitters que j'ai détestées !

L'ouvrage qui a marqué mon enfance (avant d'entrer à l'école primaire), c'est le fantastique *D'Aulaires' Book of Greek Myths*. J'aimais surtout la légende de Perséphone, cette jeune fille qui cueillait tranquillement des fleurs, quand Hadès, entièrement vêtu de noir, a brusquement surgi dans un char tiré par des chevaux noirs, et l'a enlevée pour en faire la reine de son sinistre royaume souterrain. J'adorais qu'on me raconte la façon dont elle fut condamnée à passer six mois de l'année aux Enfers parce qu'elle avait mangé six grains de grenade, le fruit des morts. Ce qui est sûr, c'est que moi je n'y aurais pas touché ! J'aurais fait semblant pour duper Hadès, mais ensuite, je les aurais recrachés !

En repensant à ce mythe, je me demande si, à l'époque, j'avais la moindre notion de conte gothique, avec sa figure archétypale de belle jeune fille courtisée et persécutée par un amant ténébreux, en apparence tout-puissant. Si ça se trouve, je m'entraînais déjà à écrire sur les vampires ! En tout cas, une chose est certaine : pas un jour ne passait sans que je ne veuille devenir écrivain.

À quel moment de la journée aimez-vous écrire ?

Je préfère écrire le matin, au saut du lit, avant même d'avoir avalé une tasse de café. Je me jette sur l'ordinateur (si je ne me suis pas endormie dessus), et je rédige quelques pages en vitesse, sans réfléchir. Ça me permet de mettre en veilleuse le petit voyant de censure dans ma tête ; celui qui m'a étouffée pendant dix ans, et qui est justement en train de me dire que la construction de cette phrase n'est pas terrible ! Le fait d'écrire à une allure folle avant d'entamer quoi que ce soit d'autre semble enclencher le moteur de mon imagination.

La vraie question n'est pas tant *à quel moment* j'aime écrire – depuis que j'ai décidé d'être auteur à plein temps, ce métier exige des heures de travail, du matin au soir –, mais quand et où j'échafaude mes intrigues.

Je ressens le besoin de marcher. Idéalement, je pars me balader sur les longues plages quasi désertes de la zone protégée du parc national de Point Reyes. Mais si je ne suis pas au bord de la mer, je vais faire un tour dans la rue, mes écouteurs vissés dans les oreilles, diffusant à pleins tubes ma musique préférée. Si rien de tout cela n'était possible (exemple : il était minuit et j'avais moyennement envie de me retrouver seule sur le pavé), avant, je partais sur l'autoroute en mettant le volume de la radio au maximum. Aujourd'hui, je suis davantage sensibilisée aux problèmes de l'environnement. Donc, quand j'ai besoin de créer, que je ne peux pas sortir et que je n'ai pas d'invités à la maison – pitié, ne me prenez pas pour une folle – je monte le son et me mets à déambuler chez moi, d'une pièce à l'autre. Et, pour tout vous dire, je joue les scènes que j'ai en tête, en interprétant tous les personnages à tour de rôle. Au fond… je fais ça depuis toujours. Depuis toute petite.

La musique à fond n'est pas indispensable mais ça m'aide beaucoup !

Sur votre site, vous évoquez vos sources d'inspiration. Qu'aimez-vous dans le métier d'écrivain ? Qu'est-ce qui vous pousse à écrire, vous motive ?

Ce n'est vraiment pas une question de motivation ! Le problème est plutôt de réussir à m'arrêter une fois lancée. J'adore cette petite machine à raconter des histoires qui turbine dans mon cerveau, sauf qu'elle est entièrement contrôlée par mon inconscient. Un jour, elle a brusquement cessé de fonctionner, et ce pendant dix ans, me laissant en panne sèche face à des pages blanches d'écran d'ordinateur, de carnets, de serviettes en papier, de dos de tickets de caisse – tous ces supports dont j'avais besoin pour griffonner mes idées. Et puis, il y a quelques années, la machine a repris du service et a recommencé à s'emballer. Et rebelote, je me retrouve à essayer de déchiffrer des serviettes en papier, les yeux écarquillés devant mon écriture illisible, puis à demander à mes proches : « Est-ce que je t'aurais parlé d'une histoire de faisan ? De fanfare ?... Ah, non, de *fantôme*. Et d'une horrible belette ? Peste ? Ah, non : *spectre* ! »

Car les amis et la famille, c'est l'autre moteur qui m'aide à écrire. Si l'on se connaît un minimum, vous pouvez être sûr que je vais vous poser des tas de questions : « Alors, voilà, je voudrais raconter la façon dont Jez et Morgead se sont rencontrés mais il me faut un motif de dispute. Tu n'aurais pas une idée ?... » Ou bien : « Papa, quelle est la meilleure chose à faire pour un quarterback s'il veut gagner un match ? » À l'époque où l'Internet n'existait pas, je questionnais ma coiffeuse, qui était aussi une pro de la mécanique : « Mettons que tu répares une voiture. Qu'est-ce qui serait terrible de faire, accidentellement ? » J'ai obtenu des réponses aux trois questions, et les deux dernières ont été intégrées à mes romans. Au début, il arrive souvent que les gens me dévisagent, un peu interloqués, jusqu'à ce que je me mette à cogiter à voix haute, en leur confiant tout ce qui me passe par la tête. En général, au bout de quelques minutes, ils se prêtent au jeu et, d'une façon ou d'une autre, le problème finit par être résolu. Alors la machine à raconter des histoires repart en filant comme une flèche, avec moi à ses trousses.

Ce que j'aime dans le métier d'écrivain ? Tout. Toute ma vie ou presque, c'est ainsi que je me suis définie : je suis, donc j'écris. Oh, et les réactions des lecteurs, aussi ! Pour moi, c'est la cerise sur le gâteau. C'est pour eux que j'écris, sinon autant garder mes histoires pour moi, ce serait beaucoup plus simple. Quand l'un d'eux m'écrit : « Je n'ai jamais tellement aimé lire, jusqu'à ce que je découvre vos romans », c'est comme du caviar. Quand un autre dit : « Vos livres m'ont permis de traverser les années lycée », ça me donne autant envie de pleurer que de faire une petite danse de la victoire. Et quand un autre m'explique : « C'est après avoir lu vos livres que je suis devenu enseignant », ou « écrivain », j'ai presque du mal à le croire tant je suis touchée.

Cela dit, même un message tout simple me donne un sentiment d'humilité. Je ne fais que mon travail, mais si cela peut aider mes lecteurs d'une quelconque façon, leur procurer quelques heures de plaisir, je suis heureuse. Extrêmement heureuse.

Comment avez-vous conçu la trame de fond assez complexe de *Night World* ? Avez-vous commencé par le début et écrit jusqu'à trouver le mot « fin » ou aviez-vous un plan en tête dès le départ ?

Les deux, en fait. Il fallait que j'aie une stratégie dès le départ, car dans l'univers des vampires les règles et les traditions sont nombreuses. Le Night World possède ses propres lois à l'égard des humains : ne jamais révéler à ces derniers l'existence de leur monde et ne jamais tomber amoureux de l'un d'eux. Traditionnellement, les lamies donnent à leurs enfants des noms de végétaux, d'animaux ou de minéraux (d'où les prénoms Rowan, Kestrel et Jade[1] dans *Les Sœurs des ténèbres*). Il existe bel et bien deux sortes de vampires : les lamies et les vampires transformés. Passé dix-neuf ans, il est impossible d'en devenir un, car à partir de cet âge le corps n'a plus la souplesse nécessaire pour se transformer et il est simplement réduit en cendres. J'introduis ce type d'éléments dans

1. Qui, en français, signifient respectivement : sorbier, crécerelle et jade *(N.d.T.)*.

Le Secret du vampire, comme pour amorcer en douceur la trame de fond plus compliquée qui est dépeinte dans les tomes suivants.

Ensuite, je fais entrer en scène Hunter Redfern et ses descendants dans *Les Sœurs des ténèbres,* et j'explique ses origines, ainsi que son pacte avec la sorcière Maeve Harman. Plus tard, dans *Ensorceleuse,* j'ajoute une nouvelle pièce du puzzle, en évoquant le fait que les Redfern comme les Harman descendent d'Hécate, la reine des sorcières, et de ses deux filles très différentes, Maya et Hellewise. Maya a un fils lamie, Red Fern, qui est, cela va de soi, le géniteur de la lignée Redfern. Hellewise donne naissance à une fille, dont toutes les sorcières descendent. Ainsi, « fille d'Hellewise » signifie « sorcière ».

J'avais donc bien un contexte en tête, que j'ai essayé de fournir au compte-gouttes, afin que le récit ne soit pas trop assommant. Mais l'intrigue a radicalement changé du jour où j'ai introduit de nouvelles prophéties sur la fin du monde dans *La Chasseresse, Aube noire,* et *Le feu de la sorcière.* Ce n'est que dans ce dernier volet que je révèle les procédés par lesquels le monde sera détruit ; à vrai dire, j'ai moi-même été effrayée tant ils sont implacables ! Et c'est d'ailleurs ainsi que les dragons font leur apparition dans la série.

Comment faites-vous pour ne pas vous empêtrer entre tous les personnages et les usages du Night World ?

Je pose tout noir sur blanc. C'est le seul moyen. Autrement, jamais je n'arriverais à me souvenir que Jez Redfern est une parente de Thea Harman, dont elle est la dix-septième cousine au deuxième degré. (Rappelez-vous : les lamies et les sorcières sont liés par Hunter Redfern et Maeve Harman, qui ont eu une fille, Roseclear…)

Je me suis procuré un logiciel d'arbre généalogique, que j'ai complété, laborieusement, nom après nom, mariage après mariage, enfant après enfant, jusqu'à ce que j'obtienne plusieurs aïeux Harman et Redfern, de la préhistoire à la colonisation de la Nouvelle-Angleterre (ce qui était important par rapport à la cérémonie des liens du sang et pour l'introduction de Quinn et des trois filles d'Hunter), jusqu'à nos jours.

Quand je l'ai imprimé, je me suis retrouvée avec des tas et des tas de pages au format A4, qui ont recouvert tout le sol de mon salon ! Mon arbre comprenait même des dates de mariage et de « règne » : lamie, vampire transformé, sorcière, médium, humain, etc. J'ai tout scotché pour en faire une affiche géante, puis j'ai créé un nouveau tableau pour chaque tome. À mesure que j'inventais de nouvelles âmes sœurs, ces œuvres d'art ont fini par prendre tellement de place et par devenir si difficile à manier que j'ai finalement arrêté. (Je crois aussi me souvenir que mon chat a pris un arbre fraîchement constitué par terre pour sa litière. Ça a dû jouer...) Mais il me reste quasiment toutes les informations.

Pareil pour les prophéties. Je les conserve toutes dans un dossier spécial, que je remplis au fil de mes idées. Sinon, j'oublierais tout.

Si vous faisiez partie du Night World, dans quel clan voudriez-vous être ?

J'adorerais être une sorcière. J'épouserais un vampire, qui, par amour pour moi, renoncerait au sang humain pour devenir un simple carnivore qui se nourrirait de biches ou de vaches, en ne prenant que la quantité de sang nécessaire à sa survie car, naturellement, il serait membre du cercle de l'Aube. Je le laisserais me mordre uniquement aux grandes occasions, en guise de cadeau d'anniversaire, par exemple. Ou pendant les fêtes de fin d'année. Ou peut-être tous les jours, mais juste un petit peu ! Comme dans tous les couples où l'un des deux est un vampire, nous avancerions sur le fil du rasoir, partagés entre le frisson de sentir nos esprits entrer en communion et le danger de transformer l'autre partenaire.

Nous serions des âmes sœurs, et nous aurions sûrement eu des débuts chaotiques : lui serait un Redfern, typiquement fort et arrogant. Cependant, je serais ferme mais douce avec lui, un peu comme quand on tente de dompter un molosse ; et nous serions si fortement attirés, du fait du lien d'argent qui unit les âmes sœurs, que nous aurions bien du mal à supporter l'absence de l'autre plus de cinq minutes.

J'aimerais vraiment être une Harman, une descendante directe d'Hellewise. Ainsi, pratiquement tous les personnages de la série seraient des cousins, plus ou moins éloignés. À l'origine, j'appartiendrais au cercle du Crépuscule, comme Thea dans *Ensorceleuse*, mais quand je me servirais de mes pouvoirs, ce serait toujours au service du Bien. Mon feu de sorcière serait si brûlant et puissant qu'il serait bleu, comme la base d'une flamme, ce qui me permettrait de soigner les blessés et les malades.

Je partirais peut-être même faire une sorte de pèlerinage, voyageant d'un hôpital à l'autre, guérissant les patients les plus atteints, sans qu'ils apprennent jamais qui je suis ou ce que je leur fais. Je les soignerais sans jamais m'arrêter, jusqu'à ce que je m'évanouisse (avec grâce) de fatigue, mais mon âme sœur me rattraperait au vol et me ramènerait dans ses bras jusqu'à notre voiture. Alors je me reposerais, appuyée contre son épaule, jusqu'à ce que je reprenne des forces, et repartirais en croisade.

Mon mari passerait beaucoup de temps à se battre contre les tueurs que le conseil des Vampires ou les sorcières (les vilaines !) du cercle de Minuit enverraient à mes trousses. Et il adorerait ça.

Qui est votre personnage préféré au sein du Night World et pourquoi ?

Parmi les tomes déjà parus ? Je suis bien obligée d'avouer… que c'est Jez Redfern dans *La Chasseresse*. J'adore écrire sur elle parce qu'elle est extrêmement impulsive et imprévisible ; elle est capable de tout, à tout moment. Elle pense avec son cœur – et si besoin, avec son bâton de combat en bois d'amourette, zébré comme une peau de serpent.

Dès le départ, on lui mène la vie dure. Mi-vampire, mi-humaine, elle est la première créature hybride du Night World. Son père est un lamie, ces vampires de naissance issus d'une même famille, mais sa mère est humaine. En découvrant que les parents de Jez ont enfreint une de leurs lois, les vampires les tuent tous les deux. À l'époque, Jez a quatre ans. Bien qu'elle survive à cet assaut féroce, inconsciemment, elle est marquée à vie. Elle grandit en se prenant pour un vampire. Mais le jour où, d'un coup, ses souvenirs remontent à la surface, prêts à la faire sombrer, elle ne s'effondre pas, elle ne reste pas les bras croisés, impuissante, et n'essaie pas non plus d'oublier. Elle change de camp et se met à défendre les humains contre leurs agresseurs.

C'est une jeune fille intelligente et une meneuse-née, mais nullement parfaite. Son tempérament irascible déclenche sans cesse des conflits avec Morgead, son âme sœur. Tour à tour à la tête de leur bande de vampires, ils passent leur temps à se disputer le titre de chef. C'est aussi amusant d'écrire leurs prises de bec que leurs rabibochages !

L'énergie que Jez apporte à chaque scène me plaît, car à coup sûr elle va provoquer une bagarre, bondir sur une table, ou, d'une façon ou d'une autre, capter l'attention de l'assistance. Elle est bien la dernière à considérer qu'une femme doit être douce, fragile et sage.

Qu'est-ce que vous pensez des métamorphes ? Parmi les principaux, Keller est le seul qui soit bienveillant. Pourquoi ?

Pendant un bon moment, je ne voyais pas vraiment l'intérêt des loups-garous, et ils ont vraiment mauvaise réputation au sein du Night World. En général, ils ont des rôles de voyous, de bagarreurs, et font preuve d'un comportement territorial et d'une instabilité maladifs.

Mais dans *Âmes sœurs,* Lupe apparaît sous sa forme animale pour secourir Hannah, et j'ai découvert ces créatures sous un nouveau jour. Je me suis dit qu'après tout j'adorais les animaux, parfois plus que les hommes. Alors pourquoi un individu se transformant en bête serait-il forcément méchant ? Mais je ne voulais pas me limiter aux loups-garous ; tout le monde suivait déjà ce filon. Un jour, je suis tombée en admiration devant le film *La Féline.* Alors j'ai décidé d'inventer une héroïne, capable de se transformer en panthère... volontairement.

Keller est l'un des personnages les plus meurtris et vulnérables de la série. Il lui fallait une âme sœur douce pour l'apaiser et lui rappeler qu'elle avait aussi du mérite en tant qu'individu. Alors j'ai créé Galen, le chef des métamorphes, pour qu'avec lui elle redécouvre l'amour et la confiance.

Voilà comment j'ai appris à aimer les métamorphes. Peut-être même qu'un jour j'écrirais une histoire de loups-garous...

Si vous aviez le don de transformation d'un métamorphe, quel animal seriez-vous et pourquoi ?

Je suis tentée de répondre une panthère, comme Keller, parce que j'aime leur fourrure soyeuse et leurs pas feutrés, et je suis sûre qu'elles éprouvent des sensations fantastiques du simple fait de se mouvoir. Mais en vérité, je préférerais voler. J'en ai envie depuis toute petite, et bien que le parachutisme soit un sport très sympa, ce n'est pas la même chose. J'aimerais être un oiseau suffisamment grand pour que rien ni personne n'ait envie de s'en prendre à moi. Dans l'idéal, si je pouvais éviter d'avoir à me nourrir de carcasses en décomposition, ça m'arrangerait ! En somme, je pense qu'un faucon pèlerin, ça me plairait assez. (Bizarrement, les aigles d'Amérique, ça ne me branche pas trop. Peut-être parce qu'ils me font trop penser au gouvernement.)

En parlant de ça, les panthères noires, les faucons *et* les aigles d'Amérique sont des espèces en voie de disparition. En tant que membre du WWF, j'ai adopté un animal dont je parlerai quand *Étrange destin* sera sorti en librairie (le méchant est un métamorphe, mais chut ! c'est un secret.) Je suis aussi membre de The Nature Conservancy, un organisme de protection de l'environnement des États-Unis. Comme le WWF, il vient en aide aux espèces en voie d'extinction, dont le nombre devient alarmant. C'est une cause à laquelle je crois foncièrement. On peut faire beaucoup pour contribuer à la protection de l'environnement, sans avoir besoin d'envoyer de l'argent. Par exemple : recycler, aller à la station de lavage automatique pour laver sa voiture au lieu de le faire soi-même (c'est vrai, ça économise plus de 1 550 litres d'eau !), adopter le covoiturage pour se rendre à l'école ou au bureau (et en profiter pour se faire de nouveaux amis !) ou, plus simplement, surfer sur le Web à la recherche d'agences locales qui peuvent vous orienter et vous confier des petites missions.

Mais revenons à notre faucon pèlerin. Je monterais en flèche vers le ciel, portée par les vents, et prendrais des poses éblouissantes pour les beaux yeux des ornithologues qui, à ce qu'il paraît, nous adorent ! Je scruterais le sol de mes yeux perçants, puis descendrais en piqué sur un mulot que j'engloutirais aussi sec car je ne doute pas que ce soit… hum, comment dire ?… vraiment délicieux.

Par la suite, je deviendrais peut-être le premier faucon végétarien du monde.

***Quid* des Âmes anciennes ? Comment vous est venue l'idée du personnage d'Hannah ? Peut-elle réellement se souvenir de ses multiples vies ?**

Le personnage d'Hannah a été très amusant à créer car je pouvais la transposer dans toutes les époques qui m'intéressaient, et j'avais déjà des préférences, comme l'Égypte ancienne. Par ailleurs, je voulais que Thierry soit capable de la reconnaître dans chacune de ses vies, sans qu'elle soit jamais tout à fait la même. Pour cela, le plus simple était de lui attribuer un signe distinctif qui, pour le coup, ne changerait pas, et serait facile à repérer.

Voilà comment Hannah s'est retrouvée avec cette tache de naissance sur la joue ; cependant, je voulais que cette anomalie soit presque attrayante, c'est pourquoi je la décris comme « un large pétale, en biais sous la pommette ». Mais en réalité c'est une trace de sang laissée par Thierry, son âme sœur, qui avait un énorme péché à expier : la mort d'Hannah et de toute sa famille à la préhistoire.

Cependant, ce dernier a des circonstances atténuantes, et des millénaires devant lui (rien que ça !) pour se racheter. Bien que de plus en plus marqué par le chagrin au fil des ans, Thierry ne vieillit pas, figé à jamais sous les traits d'un jeune homme de dix-neuf ans, à cause de Maya, qui a fait de lui un vampire contre son gré.

Dans le futur, il devient le seigneur du cercle de l'Aube, et Hannah n'est qu'une fille du Montana (on devrait me donner un prix pour mes prédictions. Le prix de consolation, peut-être ?), et leur amour se révèle être le plus beau conte de fées de tous. Thierry retrouve Hannah dans chacune de ses vies, mais Maya, folle de jalousie, veille à ce qu'elle meure toujours avant son dix-septième anniversaire. Heureusement, la dernière réincarnation d'Hannah est quelque peu différente.

Quant au fait de se souvenir de ses vies antérieures, Hannah en a eu tellement qu'elle doit faire un gros effort de concentration pour qu'un événement particulier lui revienne en mémoire. Mais, moyennant un peu d'entraînement, elle devrait effectivement être capable de se remémorer avec précision les seize années de chacune de ses existences.

NOTES DE L. J. SMITH SUR LES CHAPITRES DE CE GUIDE

Bonjour, c'est encore moi. Je voulais simplement faire quelques commentaires sur les différents chapitres de ce livre et préciser des faits que vous ne trouverez pas dans la série *Night World*. Comment ou pourquoi j'ai écrit certaines choses dans ces livres ou ce qu'elles m'inspirent aujourd'hui. De petits mystères résolus ou des indices sur des secrets.

LES LAMIES

Avec les lamies, j'ai délibérément enfreint la plupart des règles « traditionnelles » des vampires. Selon Wikipédia, « lamie » est le terme qui, dans la mythologie grecque, qualifie un « monstre mangeur d'enfants ». J'ai découvert ce mot dans un dictionnaire et je l'ai aussitôt utilisé dans *Le Secret du vampire*. Je voulais que James Rasmussen, le héros lamie de cette histoire, soit différent des autres vampires. Pas de cercueil pour lui ! Pas de régime exclusivement sanguin ! Pas même de système pour l'empêcher d'être pulvérisé par la lumière du jour comme un vampire traditionnel, car les lamies ne sont pas affaiblis par les rayons du soleil ! Je voulais également montrer que les parents lamies peuvent ressembler aux parents humains – en l'occurrence, riches et dominateurs. Les vampires vivent si longtemps qu'ils ont amplement le temps de s'enrichir, et l'argent amène le pouvoir.

Un détail m'a fait hésiter : Poppy North restera éternellement une adolescente. Cela veut dire que James et elle seront une sorte de couple à la Peter Pan

– mais avec des canines pointues. À mon avis, le jumeau de Poppy, Phillip, les prendra en pitié avec le temps… jusqu'à ce qu'il atteigne la quarantaine et sente de plus en plus qu'il est mortel. Mais quand ce moment sera venu, il sera trop tard.

D'un autre côté, Phil ne voudrait probablement pas changer.

Je prévois d'écrire une nouvelle sur Poppy, James et Phillip pour mon site Web. J'aimerais montrer ce qui arrive aux trois vagabonds quand ils rencontrent le père de Phillip et Poppy, ou lorsque l'apocalypse survient.

Dernière idée : je me demande à présent pourquoi j'ai inventé tous ces couples de jumeaux ou de frères et sœurs qui portent des noms semblables. Je suppose que c'est parce que ma sœur et moi avons été élevées comme des jumelles, bien que nos prénoms (Judy et Lisa) ne le montrent pas.

Les vampires transformés

Les vampires transformés diffèrent des lamies en ce qu'ils ne vieillissent ni ne mangent mais, là encore, j'ai délibérément enfreint la plupart des traditions sur les vampires. Il m'importait, d'une part, que les deux groupes de vampires forment un front uni… du mal, et, d'autre part, que les vampires transformés bénéficient d'un certain respect, même si les lamies s'estiment supérieurs à eux. Les vampires transformés n'ont aucune obligation envers le vampire ou le lamie qui les a mordus. Le lamie Hunter Redfern, la plus puissante de toutes les créatures maléfiques du Night Word (à l'exception de son aïeule Maya), était très satisfait d'avoir un vampire transformé, Quinn, comme héritier. D'ailleurs, il y tenait particulièrement. Mais en général, Quinn a suivi sa propre voie, en particulier à mesure que passaient les siècles. Quand Quinn obéissait à Hunter Redfern, c'était parce que déjà au XVIIe siècle Hunter était le chef du conseil du Night World (division des vampires) et que Quinn ne tenait guère à ce qu'on lui enfonce un pieu dans le cœur.

Présenter la société des vampires comme patriarcale (dirigée par les hommes) et celle des sorcières comme matriarcale (dirigée par les femmes) m'a amusée. Surtout du fait que Thierry, élevé par une sorcière mais devenu vampire, a redonné vie au cercle de l'Aube. Thierry a conservé en lui toutes les valeurs de la sorcellerie durant des millénaires et considéré que le Cercle devait être matriarcal.

J'ai trouvé le prénom de ce personnage sur un graffiti proclamant « J'aime Thierry » dans des toilettes. Et je lui ai donné mon nom de famille préféré, Descouedres.

Les goules

Pour pouvoir parler des goules, j'ai dû lire un ouvrage sur la mort et les stades de décomposition du corps, et je ne l'oublierai jamais, tant c'était incroyablement morbide. J'ai été aidée par la documentation que j'avais déjà accumulée sur les momies pour ma trilogie *Un jeu interdit*. En outre, j'étais fascinée par un livre sur l'Homme des glaces, une momie remarquablement bien conservée retrouvée dans un glacier des Alpes. L'Homme des glaces, Ötzi, mort il y a environ cinq mille ans, est resté prisonnier de la glace jusqu'à ce que le dégel dégage sa tête et son cou et qu'un couple de randonneurs le découvre.

J'ai beaucoup de peine pour les goules. Elles n'ont aucune activité mentale hormis ce que Terry Pratchett et *Resident Evil* qualifient de « besoin de se nourrir ». Leurs corps continuent de se décomposer quoi qu'elles absorbent. La nourrice de James Rasmussen dans *Le Secret du vampire* (Miss Emma) et même la goule que Jez Redfern combat dans *La Chasseresse* étaient autrefois des êtres humains innocents qui n'ont jamais demandé à devenir de telles créatures.

Le plus beau cadeau que l'on puisse faire à une goule est de lui enfoncer un pieu dans le corps.

Les sorcières

Tout comme Mary-Lynnette, fascinée par le système matriarcal des sorcières en apprenant l'existence de la cérémonie des liens du sang dans *Les Sœurs des ténèbres*, je me suis moi aussi prise d'affection pour ce clan. Dès le début, le cercle du Crépuscule a été très proche du cercle de l'Aube, sauf que les sorcières du cercle du Crépuscule méprisent les humains. J'ai consacré moins de pages aux sorcières du Night World que je l'aurais souhaité, car j'avais déjà écrit toute une trilogie sur les sorcières, *Le Cercle secret,* dans laquelle j'avais utilisé à peu près tout ce que j'avais pu trouver ou inventer sur la Wicca.

L'idée de la lumière de la sorcière est venue progressivement, à mesure que Hellewise et Maya prenaient de l'importance. J'ai dessiné les arbres généalogiques des jumelles de la reine des sorcières Hécate et des autres premières sorcières à avoir laissé une trace historique. J'ai eu beaucoup de mal à donner à leurs descendantes des noms qui aient une consonance à la fois préhistorique et romantique. J'ai opté pour des noms un peu bêtes comme Conlan Spearthrower[1] (le frère de Thierry, qui devient le compagnon d'Hellewise). Rushglow[2] et Summer Ice[3] sont mes deux préférés.

---

1. « Lance-javelot » *(N.d.T.).*
2. « Flamme de lanterne » *(N.d.T.).*
3. « Glace d'été » *(N.d.T.).*

Voici un fait qui ne figure pas dans *Ensorceleuse* : Thea n'est une Harman que par adoption. Son père s'appelait bien Harman, mais comme les sorcières portent le nom de leur mère, elle est née Thea Avery. Cependant, Thea n'a jamais regretté d'être née dans une famille de « deuxième classe ».

Les métamorphes

Bien que je parle des métamorphes dans *Le Secret du vampire,* pendant longtemps je n'ai écrit que sur les loups-garous, si je me souviens bien. Puis, dans *Aube noire,* j'ai inventé des métamorphes, qui étaient également malfaisants – et plutôt stupides. Mais c'est alors que j'ai été accaparée par une métamorphe qui était tout ce que les autres métamorphes n'étaient pas. Je veux parler de Keller.

Raksha Keller est l'un de ces personnages qui ont tout bonnement surgi sans crier gare avant de s'enfuir, me laissant abasourdie et m'obligeant à leur courir après. Je l'ai toujours beaucoup aimée, mais je n'ai jamais pu prévoir son comportement. Si vous voulez en savoir plus sur Keller et son âme sœur, une histoire intitulée « Thicker than Water[1] » figure sur mon site Web. Keller est également présente dans *Étrange destin*. Et, entre les deux, il y a quelques surprises que je connaissais depuis le début, oui, mais que je ne pouvais pas intégrer dans *Le feu de la sorcière* faute de place.

Ce que je préfère chez Keller, c'est qu'elle ne s'apitoie jamais sur son sort – ou du moins qu'elle s'y efforce. Et si elle paraît avoir encore plus de sang-froid que Quinn, c'est parce que c'est une panthère, à la base, et quiconque aime les félins sait combien ils tiennent à leur indépendance. Mais Keller a également un cœur pur et vulnérable, même si elle ne s'en rend pas compte. Elle est comme ma chatte Suzie, qui n'était sans la moindre équivoque pas du genre câlin, mais qui me sautait sur les genoux et se cachait la tête sous mon bras quand nous allions chez le vétérinaire.

---

1. « Plus épais que l'eau » *(N.d.T.)*.

Les loups-garous

Je n'avais pas l'intention de rendre les loups-garous aussi malfaisants. C'était un tort et je ne sais pas comment c'est arrivé. J'adore les loups ; j'ai lu beaucoup de livres sur eux. Ils sont nobles, joueurs, intelligents et délicats. Mais malgré ce que j'ai dit sur les loups-garous dans *Les Sœurs des Ténèbres* – « ce sont des loups qui, parfois, ressemblent à des humains » – ils se comportent plus comme un mélange de chien et de loup. Les hybrides peuvent être imprévisibles et parfaitement méchants. Je pense que ce doit être ce qui différencie les loups-garous des autres métamorphes, même des Drache, qui sont les descendants de la lignée des dragons. Les loups-garous ont à la fois du sang de loup et du sang de chien. C'est ce qui les distingue des nobles loups.

Bien sûr, Lupe et d'autres loups-garous qui rejoignent le cercle de l'Aube sont indubitablement d'une lignée très pure de loups. Et, au passage, les loups gris sont considérés comme une espèce menacée aux États-Unis, excepté en Alaska.

Les dragons

Puisqu'il est beaucoup question de dragons dans *Étrange destin,* je dirai ici que pratiquement tous les peuples anciens possèdent des légendes sur les dragons, depuis les Aztèques, Chinois, Perses et Romains jusqu'aux Irlandais. Une fois que l'on commence à s'y plonger, c'est presque effrayant. Les coïncidences ne cessent de s'accumuler et, plus on creuse, plus on est envahi par l'angoisse. (Cependant, étant du signe de la Vierge, je suis très logique et je ne crois ni à l'astrologie ni à toutes ces histoires d'Atlantide ou d'astronautes antiques.)

En fait, ce que je trouve le plus effrayant chez les dragons, c'est leur forme humaine. La simple idée que quelque chose qui a l'aspect d'un être humain puisse être en réalité un dragon... eh bien, cela me fait frissonner.

Les humains / la vermine / les outsiders

Tout ce que j'ai à dire sur les humains, c'est que, si vous regardez autour de vous, vous découvrirez que beaucoup de choses sont encore semblables au maléfique système vampire, conçu pour maintenir les femmes à leur place. Si vous ne me croyez pas, essayez ceci : regardez une publicité, un film ou une série télévisée et changez mentalement le sexe de chacun des personnages. Essayez, pour voir. Alors, cela vous paraît-il ridicule qu'un garçon s'enfuie en piaillant devant un ennemi alors que sa petite copine serre les dents et l'affronte ? Les hommes sont-ils mignons avec les paupières, les lèvres et les joues peinturlurées ? Sont-ils amusants en minijupe et talons aiguilles ? Est-ce qu'aux informations les hommes politiques, présentateurs et correspondants sourient constamment, alors que leurs contreparties féminines ont seulement le droit d'avoir l'air grave ? Quelqu'un a-t-il décidé que les femmes sont toujours aussi séduisantes quand elles ont les cheveux gris et quelques rides, alors que les hommes doivent toujours être jeunes ou au moins se faire faire un lifting annuel ? N'est-ce pas étrange qu'un garçon, même s'il est le plus courageux, ait besoin d'une fille pour *quelque chose*, à la fin ?

Je vous mets au défi d'essayer cet exercice deux ou trois fois. Même sur mes propres livres, qui sont écrits pour faire plaisir aux éditeurs. Si vous avez une bonne imagination, vous y arriverez sans peine. Ne rechignez pas, dressez une liste de quelques livres où figurent une femme ou une fille qui ont de la force de caractère. Essayez aujourd'hui sur *tout* ce que vous voyez. Et là… oups ! Oui, c'est tout l'univers qui chavire autour de vous.

Encore plus effrayant que le Night World, non ?

Les Âmes anciennes

Je voulais intituler *Âmes sœurs* « Âmes anciennes », mais mon éditeur de l'époque a trouvé que cela faisait trop… vieux. Que des jeunes n'achèteraient pas un livre avec le mot « ancien » dans le titre. Je voulais aussi que le livre dure beaucoup plus longtemps. Hannah (du Montana, et n'oubliez pas que j'ai écrit ce livre il y a plus de dix ans) avait eu une multitude d'existences et je voulais en montrer davantage. Je voulais raconter comment Maya, « amie » de son jeune professeur d'allemand, avait conduit la vicomtesse Roshanna jusqu'à un bâtiment qui avait été bombardé par le premier raid de zeppelins de la Première Guerre mondiale. Je voulais montrer comment, dans la Perse antique, à seize ans, Anath, ensorcelée par Maya, était entrée dans une grotte remplie de serpents. Et, bien sûr, je voulais raconter comment Thierry essayait, dans chacune de ses existences, de trouver son âme sœur pour la sauver et échouait toujours. Je me suis documentée sur ces époques, j'en suis tombée amoureuse et j'ai appris tout ce qui était possible les concernant. Il se peut que j'écrive les histoires qui leur correspondent et que je les mette en ligne sur mon site Web.

Hannah Snow, Dame Hannah du cercle de l'Aube, m'apparaît encore très clairement. Ce n'est pas simplement l'héroïne de la plus grande histoire de Cendrillon qui soit (même si *moi*, j'ignore la puissance et la fortune de Thierry Descouedres, dans le Night World comme dans le monde humain), c'est un personnage travaillé qui commence immédiatement à tout organiser dans le cercle de l'Aube. Les Âmes anciennes n'ont pas l'habitude de perdre leur temps, même si elles en ont à l'infini.

Bien entendu, Hannah a un rôle plus important dans *Étrange destin*.

Le principe des Âmes sœurs

L'un de mes airs favoris est extrait d'*Aida*. Pas l'opéra de Verdi (même si je l'aime également beaucoup), mais la chanson qui ouvre la comédie musicale rock d'Elton John et Tim Rice. C'est ma préférée de tout le spectacle et les deux premières minutes et vingt secondes sont vraiment une ballade, que je coupe juste avant l'accord bruyant et dissonant.

Elle commence avec les paroles « Chaque histoire, conte ou mémoire... » et se conclut par : « Toutes sont au fond des histoires d'amour. » Elle s'intitule *Every Story is a Love Story*. Essayez de trouver la version interprétée par Sherie Scott. Je suis en train de l'écouter en cet instant même. Cette chanson me captive, m'hypnotise et me fait monter les larmes aux yeux.

Maintenant que vous l'avez écoutée, vous devriez comprendre le principe des âmes sœurs. C'est une idée très, très ancienne, bien plus encore que l'*Aida* originale. Elle provient de Platon, le philosophe grec antique, et on ne saura jamais s'il était ou non sérieux là-dessus. Dans le Night World, la plupart des gens la prennent à la légère – jusqu'à ce qu'elle leur tombe dessus.

Les prophéties

J'ai écrit la prophétie des quatre Puissances sauvages avant de savoir vraiment comment chaque vers allait se réaliser. Bien sûr, mon éditeur de l'époque voulait savoir comment allaient fonctionner les quatre livres que je lui proposais, et j'ai dû interpréter ce que signifiait chaque vers. J'ai rédigé quatre pages et achevé les trois premiers livres facilement. Je ne me doutais pas qu'avant de pouvoir commencer *Étrange destin* (« L'une du crépuscule qui épousera l'obscurité ») ma vie allait changer si radicalement que je serais privée pendant dix ans de la faculté d'écrire, même mentalement.

Il y a en fait trois prophéties dans *La Chasseresse*. Les deux autres parlent quasiment d'elles-mêmes. Elles étaient conçues comme de sinistres avertissements :

Dans la Flamme bleue, l'ombre ultime est chassée,
Dans le sang, le prix ultime est payé.

Quatre se tiennent entre ombre et lumière,
Quatre de la Flamme bleue, la puissance dans le sang.
Apparus l'année de la vision de la Demoiselle aveugle ;
Quatre moins une et les ténèbres l'emporteront.

Le cercle de l'Aube

Le cercle de l'Aube est une histoire qui a évolué au fur et à mesure qu'elle était racontée. J'en ai parlé dans *Ensorceleuse,* parce que je pensais que ce serait une bonne idée d'avoir trois cercles de sorcières. Comme je l'ai déjà dit, trois est un nombre magique. Pour équilibrer le cercle du Crépuscule et le cercle de Minuit, il *fallait* un cercle de l'Aube.

J'ai commencé la série *Night World* parce que je voulais écrire l'histoire d'amours interdites. Mais après avoir fabriqué plusieurs couples illégitimes, je me suis rendu compte qu'il fallait un lieu véritablement sûr où les *placer*. Et le cercle de l'Aube est devenu le point central de tous mes espoirs et idéaux.

Bien que j'aie un côté très logique et pragmatique, je suis également une pure idéaliste. Et le cercle de l'Aube est né de l'espoir ultime et de la croyance que, d'une manière ou d'une autre, un jour, chacun sur cette planète sera capable de tolérance envers les autres. Qu'il n'y aura plus de guerres – ni entre vampires et sorcières, ni entre pays.

Avant même de décider que ce serait Thierry Descouedres qui ressusciterait le cercle de l'Aube, je savais qu'il jouissait d'une fortune et d'une influence illimitées et qu'il possédait des villes secrètes, tout comme les vampires. Ces villes secrètes de l'Aube montraient le meilleur côté des gens, et mes âmes sœurs pouvaient y vivre en paix.

Les Puissances sauvages

C'est Jez Redfern ma préférée. Jez est un autre personnage qui s'est en quelque sorte emparé de moi par surprise, et elle est arrivée immédiatement avec son âme sœur, exactement comme dans *La Chasseresse*. J'ai déjà écrit un long récit sur Jez et Morgead pour mon site Web et j'en écrirai probablement d'autres. Jez a quantité d'histoires à raconter et Morgead habite dans un bâtiment réel où j'avais l'habitude de me rendre.

DÉCOUVREZ EN AVANT-PREMIÈRE UN EXTRAIT DU TOME 10

Sarah n'écoutait pas volontairement les chuchotements devant elle. Elle n'y pouvait rien : les filles avaient beau parler tout doucement, leurs voix semblaient éclipser celle du professeur.

– Tu commences vraiment à m'inquiéter pour la fête du lycée. Tu comptes y aller, oui ou non ? demandait tout bas Rachel Carr à Pamela Adams.

Distraitement, Sarah se mit à dessiner dans son cahier de maths, ornant ses calculs de guirlandes de fleurs qui, d'une certaine manière, rendaient les voix encore plus nettes.

– Ça dépend, répondit Pamela dans un soupir. L'idée était que Mal Harman m'invite, mais pour l'instant…

Elle haussa les épaules avec grâce.

– Enfin, tu sais.

– Pareil pour moi, chuchota Rachel d'un ton accablé, sans même jeter un coup d'œil à Sarah.

Cette dernière leva son stylo en fixant la page devant elle. Elles ne savaient peut-être même pas qu'elle était là. Depuis l'enterrement de sa mère, un an plus tôt, souvent, on ne remarquait sa présence que lorsqu'elle se mettait à parler. Et les deux filles les plus populaires du lycée Turner n'avaient pas pour habitude de s'asseoir près d'elle ou de lui prêter vraiment attention.

– T'inquiète, je ne te le piquerai pas. Moi, c'est Kierlan Drache que je vise. Reste à savoir s'il y a moyen de les arracher à cette insipide Sarah, au moins pour une danse.

Il était maintenant clair que les filles ignoraient que Sarah était derrière elles. En public, Pam et Rachel étaient toujours tout sucre, tout miel avec elle. Mais uniquement parce qu'elle était généralement entourée de Kierlan et Mal. Sarah se mordit la lèvre. Jamais elle ne tiendrait une discussion plus de cinq secondes avec ces filles, et pourtant…

Non. Elle se mordit encore plus fort pour ravaler ses mots, s'imaginant dans une belle forêt verdoyante plutôt que dans ce premier cours de la matinée, un peu étouffant. La voix monotone du prof laissa place aux craquements des séquoias.

On était le 12 octobre, personne ne l'avait vraiment invitée au bal du lycée, et elle s'était bien gardée d'inviter quelqu'un. D'ailleurs, on ne la conviait jamais à aucune fête. Ou alors, complètement par hasard.

– Bon, mais tu as parlé à Mal ? questionna Rachel.

Étrangement, malgré ses efforts, Sarah ne réussit pas à transformer leurs chuchotements, pourtant très bas, en bruissement de feuilles dans les arbres.

– J'attends le bon moment, répondit calmement Pamela.

Elle décroisa et recroisa ses longues jambes sous sa jupe blanche en coton très courte.

– Mais c'est bien Mal que tu as en vue, pas Kierlan ? insista Rachel.

Aucun des garçons en question n'assistait au cours de maths avancé. Mal était dans le niveau normal, quant à Kierlan… il était censé aller à celui de première année de fac.

Pamela répliqua d'un air indigné :

– Tu plaisantes, j'espère ? Comme si j'avais envie de penser à Kierlan après ce qu'il m'a fait l'an dernier, au carnaval de printemps !

Rejetant sa crinière blonde en arrière, elle en oublia de chuchoter.

Cette réaction valut aux deux filles un long regard sévère de M. Osford. Un autre élève était appelé au tableau ; Sarah s'empressa de baisser le nez et de recopier en vitesse l'équation exponentielle dans son cahier. Puis elle fronça les sourcils, résolut le problème, et orna le résultat de plantes grimpantes en torsades. Bien plus joli comme ça.

Les maths et le dessin étaient les seules matières qui avaient un sens pour Sarah. Elle n'aurait jamais le niveau de Kierlan pour devenir mathématicienne, mais elle espérait avoir l'étoffe d'une artiste. Dans l'immense salle de dessin, une de ses peintures était exposée et le comté lui avait récemment attribué un prix ; elle l'emballerait avec Mme Jessup en fin de journée, pour la présenter à un concours régional.

En attendant, ce n'est pas ça qui me fait des jambes de top-modèle, pensa-t-elle.

– Mais non ! cria le prof de maths à l'élève au tableau. Pas comme ça : comme *ça* !

C'est à peine si Rachel et Pamela s'interrompirent.

– Dans ce cas, tu n'as qu'à mettre une robe longue cette fois. Il aura plus de mal à la soulever.

Rachel se pencha pour tapoter le bras de Pamela d'un air compatissant, souligné d'une légère pointe d'ironie.

Sa voisine se contenta d'écarter son bras et de la regarder avec arrogance. Elle arborait l'incontournable panoplie de la fille hautaine, constata Sarah avec une tristesse admirative. Elle était grande, naturellement blonde, avec des yeux bleus, une silhouette sculptée à la perfection et des jambes interminables.

Dans un autre style, Rachel était tout aussi parfaite : une épaisse crinière brune, de grands yeux sombres, des jambes presque aussi longues.

Sarah, à l'inverse, avait plutôt une physionomie menue et fragile, très peu de formes en haut, et aucune ailleurs. Des jambes maigrichonnes, pas de taille, des cheveux châtains rebelles... et un visage qui, pour une raison ou pour une autre, ne dégageait rien d'hautain, non que ce soit faute d'essayer.

– En tout cas, bonne chance si c'est toi qui dois inviter Mal.

Rachel avait chuchoté comme si Pamela envisageait d'aller se baigner dans un fleuve infesté de crocodiles. Sarah se surprit à acquiescer d'un signe de tête, puis se souvint qu'elle devrait plutôt avoir envie d'incendier ces filles pour être aussi insensibles. Mais Mal, lui, n'aurait pas cette réaction si Sarah lui rapportait cette conversation. Il était le roi du regard glacial.

– Pourquoi tu dis ça ?

– Pour rien ! s'empressa de la rassurer Rachel. Simplement… d'autres ont essayé avant toi, tu sais. La plupart ont pris une sacrée douche froide. Enfin, toi au moins, tu sais que vous iriez super bien ensemble, si… enfin, *quand* il t'aura dit oui.

Un point pour elle, concéda Sarah. *Personne ne pourrait le contester.* Les bruissements de sa forêt imaginaire s'étaient estompés et la voix de M. Osford devint plus bruyante, comme s'il essayait, d'une inflexion, de rendre la puissance des exposants passionnante. Avec beaucoup de soin, elle dessina une ramification de feuilles autour d'un autre calcul.

– Franchement, je ne vois pas ce qu'ils lui trouvent, à cette Sarah, reprit Pamela, exaspérée.

Moi non plus, acquiesça Sarah en silence, le souffle subitement coupé. Elle dut plisser les yeux avec force pour réprimer une grimace. Elle commençait à s'inquiéter de ce qui se passerait à la fin du cours : est-ce que Pam ou Rachel jetteraient un œil derrière elles en quittant la salle ? Le cas échéant, la situation serait atrocement embarrassante. Et ensuite ? Dire qu'elle avait cours de dessin avec Pamela... Comment devrait-elle se comporter ?

Prenant de l'avance, Sarah recopia toutes les questions au tableau et les résolut l'une après l'autre. Puis elle gribouilla une gigantesque plante carnivore, qui se dressait, menaçante, au-dessus de la dernière équation.

Bien que blessée par les remarques de ses camarades, elle savait ce qui allait véritablement se passer. Kierlan, avec ses cheveux roux foncé, ses yeux fauves et son visage enjoué, serait, à coup sûr, le premier à aborder le sujet du bal. Il ne manquerait pas de faire comme s'ils comptaient y aller tous ensemble, ne serait-ce que pour blaguer ; de toute façon, Kierlan ne prenait jamais rien au sérieux. Il demanderait à Sarah à quelle heure elle serait prête pour une petite danse country ou pour aller « guincher ».

Ensuite, d'une voix impassible, Mal demanderait à Kierlan s'il avait vraiment invité Sarah au bal ou si, comme d'habitude, il ne faisait que des suppositions. Sarah l'entendait d'ici poser cette question. Il faut dire que Mal était aux antipodes de Kierlan : brun, toujours tiré à quatre épingles, avec des yeux dont la couleur semblait être un aperçu du ciel à l'aube.

Kierlan répliquerait que Sarah et lui étaient trop proches pour qu'il ait besoin de l'inviter officiellement à une soirée. « Mais si toi, tu comptes le faire, ajouterait-il en passant nonchalamment un bras autour des épaules de Sarah, vas-y, ne te gêne pas ! »

Ensuite, les deux garçons se tourneraient vers Sarah pour avoir son opinion.

« Ne me dis pas que tu vas y aller avec ce pauvre type ? dirait Mal. N'oublie pas, je t'ai prévenue : ce type est un animal. »

Et Kierlan riposterait : « Mais Sarah adore les animaux. Pas vrai, Sarah ? »

Sauf que, bien sûr, Kierlan ne l'appelait presque jamais par son prénom ; il utilisait plutôt le surnom qu'il lui avait donné quand elle avait cinq ans.

Un surnom qui embrouillait la jeune fille autant qu'il l'attendrissait. Sarah lancerait alors un regard impuissant à Mal, qui répliquerait que Kierlan abuse de son influence et qu'elle devrait prendre sa décision en toute impartialité.

Dans tout ça, le fait que Mal ne s'était pas non plus donné la peine d'inviter Sarah passerait à la trappe, et cela finirait comme d'habitude : ils iraient tous ensemble au bal, les deux garçons lui offrant chacun un bouquet de fleurs. Et ils passeraient le plus clair de la soirée à discuter et à essayer d'empêcher Kierlan de verser « un petit truc » dans le bol à punch.

– Alors, quelle couleur, la robe ? chuchota Rachel. Mal ne va pas avoir beaucoup de temps pour choisir sa tenue, si tu attends le dernier moment pour l'inviter.

À l'entendre, l'affaire était réglée, les dispositions, déjà prises.

Sarah pensa à la ravissante petite robe qu'elle avait achetée deux semaines plus tôt. Elle l'avait choisie bleu-vert, pour faire ressortir ses yeux, et sachant pertinemment – ou disons, croyant savoir – de quelle manière les choses se dérouleraient avec Mal et Kierlan.

Mais... peut-être que tout serait différent, cette année. Mal et Kierlan étaient en terminale à présent ; Sarah n'était qu'en première. Être en dernière année était peut-être quelque chose de plus sérieux.

À cette pensée, son cœur se mit à tambouriner, et elle sut qu'elle était à deux doigts de craquer. Le cours était presque fini... Et si Pamela se retournait ? Si elle se rendait compte que Sarah avait tout entendu depuis le début ? Qu'est-ce qu'elle dirait ?

– J'ai une petite robe noire, toute simple ; ça devrait être facile à assortir, expliqua Pamela. Et toi ?

– J'en ai acheté une blanc cassé, presque ivoire, répondit Rachel en tortillant une mèche brune autour de son doigt. Facile à assortir aussi.

Il n'en fallut pas plus à Sarah. Cette brève concertation sur des robes déjà achetées et attendant leur heure, exactement comme elle, fut de trop. Subitement, elle entendit quelqu'un parler à voix haute, sur le ton de la conversation, puis prit conscience, non sans un léger choc, que c'était elle.

– Mal est toujours habillé en noir… mais il n'aime pas cette couleur sur une fille.

Pam et Rachel sursautèrent, puis se tournèrent face à elle.

– Du moins, pas depuis…

Mais Sarah fut incapable de finir sa phrase. *Pas depuis l'enterrement de ma mère,* pensa-t-elle.

Au point où elle en était… Elle reprit, cette fois en s'adressant à Rachel :

– Quant à toi, si tu portes une robe ivoire avec Kierlan, tu risques de rentrer chez toi couverte de punch.

L'espace d'un instant, ce fut le silence absolu, puis M. Osford tapa brusquement sur son bureau.

– Pamela Adams, Rachel Carr ! brailla-t-il. Et vous aussi, Sarah, euh… Sarah Strange ! Vous voulez une heure de colle, c'est ça ?

Sarah avait beau être gênée que tous les regards soient tournés vers elle, elle se sentait plus ou moins disculpée.

Mais soudain, elle perçut avec horreur un parfum de roses. La tête transpercée par une douleur fulgurante, elle ferma les yeux et se pinça l'arête du nez. Oh, non. Pas maintenant ! Surtout pas une migraine ici.

Machinalement, son autre main se leva d'un coup. Rouvrant les yeux, elle vit son professeur secouer la tête, l'air de dire « ça suffit ». Il jeta un œil à Pamela et Rachel, comme s'il s'attendait à les voir lever la main aussi, mais elles se tenaient raides, toutes rouges, regardant droit devant elles comme les figurantes d'un film.

D'expérience, Sarah savait que c'était maintenant une lutte contre la montre. Si elle ne réussissait pas à arrêter cette migraine dans la minute, elle ne pourrait plus rien y faire. Sans attendre d'avoir la permission et la vision déjà troublée par un scintillement de taches argentées, elle se leva... et fit tomber son manuel de maths par terre.

Elle entendit bien quelques rires isolés, pas foncièrement moqueurs, mais à cet instant elle n'était pas en état de juger objectivement. Tout ce qu'elle savait, c'est qu'elle devait absolument sortir de cette salle.

Abandonnant ses livres, traînant son sac à dos derrière elle, elle remonta en hâte la rangée de tables. Entre deux élancements, de plus en plus réguliers, elle discerna la voix du professeur :

– Sarah, je suis sûr que vous pouvez attendre encore cinq minutes pour aller aux toilettes !

Ne l'écoutant déjà plus, elle fonça vers son objectif : la porte. Quelqu'un dans son dos attrapa son sac, comme pour la retenir. Elle trébucha, et les rires redoublèrent. M. Osford, qui n'avait jamais eu Sarah comme élève auparavant, fut subitement inquiet.

– Elle se sent mal ?

Quelqu'un, à proximité, lui répondit :

– Elle fait des crises de migraine.

Tâtonnant à l'aveuglette, Sarah trouva la poignée ; les points scintillants recouvraient désormais la moitié de son champ visuel. Elle ouvrit la porte et se glissa dehors, entendant vaguement le professeur intervenir sans conviction.

– Du calme ! Une migraine est un simple mal de tête.

Pas les miennes, pensa Sarah sombrement tandis qu'elle avançait dans les couloirs déserts, se fiant plus à son instinct qu'à ses yeux, en direction des toilettes des filles.

Même les médecins étaient incapables d'expliquer ce qui se passait quand ses migraines la prenaient de plein fouet. Elles n'étaient pas ordinaires, mais ses crises ne l'étaient pas non plus. Et aucun traitement n'était efficace.

Sarah savait juste que, lorsque la douleur atteignait son paroxysme, elle perdait connaissance... et les cauchemars commençaient. Les mêmes que ceux qu'elle faisait la nuit. Mais elle ne les racontait jamais à personne, pas même à ses gentils médecins compatissants.

Elle avait trop peur qu'ils la fassent interner.

Voilà, les toilettes étaient là. Dieu merci, elle avait réussi. Vite, il lui fallait de l'eau chaude. Elle s'avança devant un lavabo et fit couler l'eau en tournant le robinet rouge à fond, sans prêter attention aux deux élèves de terminale qui se maquillaient en bavardant.

La tête penchée, elle inspira calmement en laissant la vapeur imprégner son visage. Quand l'eau fut assez chaude, elle trempa une poignée de serviettes en papier et les appliqua sur sa nuque. Puis elle perdit la notion du temps. Peu à peu, elle se rendit compte avec gratitude que l'odeur de roses avait disparu et que les scintillements s'étaient estompés. Elle avait pris cette crise suffisamment à temps pour pouvoir la stopper.

Mais elle avait aussi laissé l'eau chaude couler. Le miroir au mur était complètement embué.

Sarah s'aperçut que les deux terminales la fixaient d'un air qui en disait long. Rapidement, elle referma le robinet et utilisa sa pile de serviettes pour essuyer un coin de miroir. Elle tenta de faire abstraction des regards noirs des filles qui n'eurent pas d'autre choix que de l'imiter.

Faisant de son mieux pour paraître désinvolte, elle s'observa dans la glace. Dans le reflet intense de ses yeux bleu-vert, elle eut l'étrange impression de distinguer des larmes.

Pour le reste, tout était normal. Des joues, roses d'ordinaire, à présent écarlates vu qu'elle rougissait facilement. Un nez fin, ainsi qu'un petit menton volontaire, orné d'une fossette. Une jolie bouche, réflexion faite, et des cils qui n'avaient pas besoin de mascara. Ses cheveux ? Châtain clair et tombant toujours dans tous les sens sur ses épaules.

Un visage doux... songea Sarah en détournant son regard du miroir. Pour ça, elle tenait de sa mère : elles avaient le même visage en forme de cœur.

Poussant un soupir, elle se tourna pour jeter les serviettes dans la poubelle...

... quand l'odeur de roses la saisit de plus belle.

Tout se passa en un instant : une nouvelle douleur fulgurante lui transperça le cerveau et la figea encore sur place.

Le parfum de roses lui emplit les narines, une odeur sucrée presque écœurante, beaucoup plus forte que dans la classe.

Sarah se cramponna faiblement au lavabo. « Oh, c'est pas juste ! » protesta-t-elle farouchement. Mais déjà, sa vision se réduisait à un petit cercle, et elle ne pouvait plus ignorer ce parfum vif de fleurs épanouies ; c'était si réel qu'elle pouvait presque les voir. Sarah allait avoir une violente migraine d'une seconde à l'autre et, quelques centimètres plus bas, c'était un carrelage bien dur qui l'attendait.

Tournant la tête alors qu'un autre élancement lui fouettait le sang, elle tenta de se traîner jusqu'à une cabine pour s'isoler, quand soudain, les deux terminales poussèrent un cri. La porte venait de s'ouvrir brusquement, laissant apparaître un garçon.

– Hé ! c'est les toilettes des *filles* ici !

– Justement : j'en cherche une, rétorqua le jeune homme avec indifférence.

Scandalisées, les lycéennes continuèrent de pester alors que Sarah essaya de faire un pas en avant. Au centre du tunnel scintillant, elle ne distinguait qu'un grand brun aux traits ciselés et au teint plutôt pâle ; ses yeux gris, si clairs, semblaient presque incolores. Tout à coup, deux bras l'enveloppèrent.

– Mal, c'est toi ?... murmura-t-elle.

Alors, sans réfléchir ni hésiter, elle céda et sombra dans les ténèbres.

Aussitôt, elle pressentit que le cauchemar d'aujourd'hui serait terrible.

Il commençait par des ailes.

*

* *

Des ailes.

Crispy était accroupie à l'extrémité du cimetière. La forme blanche qu'elle fixait depuis quelques minutes était un oiseau. Elle était fière de savoir ça, d'autant plus qu'elle connaissait cette espèce.

« Cela s'appelle *un pigeon,* avait un jour expliqué la vieille folle en le décrivant. Tout ce qui a des ailes n'est pas forcément un Maître ou synonyme de mort. »

D'après les dires de la vieille dame, autrefois, il y avait beaucoup d'oiseaux dans le ciel ; le ciel *bleu*, s'entend. Bien sûr, c'était avant que les Maîtres n'exterminent les animaux et n'assombrissent le ciel, invariablement gris depuis.

Bien qu'elle pût légitimement se vanter de sa trouvaille, Crispy était vraiment contente de n'apercevoir aucune aile dans les courbes douces et dodues du pigeon. Même si elle savait que ce n'était pas un Maître, elle n'était pas sûre de pouvoir les regarder se déployer sans hurler. Et vu les prédateurs qui peuplaient le cimetière, un seul cri, et elle était morte.

OK, tu as vu un oiseau, c'est bien. Maintenant remets-toi au travail, lui souffla sa petite voix intérieure. Mais une autre part de son esprit, une seconde voix qu'en son for intérieur elle surnommait Crispy la Futée, savait distinguer ce qui était important du reste. L'important était de survivre, de trouver de la nourriture et, surtout, de ne pas se faire attraper et renvoyer dans l'enclos où l'on enfermait les enfants pour les engraisser.

L'important, ce n'était pas cet oiseau.

Néanmoins, Crispy s'assit. *Il est vivant. Il bouge !*

Ça, c'était l'autre petite voix, celle qu'elle surnommait l'Idiote. Elle était niaise et têtue. *Qu'est-ce qu'il y a de mal à s'asseoir et à l'observer une minute ?* se défendit-elle.

Crispy essaya de se rappeler ce que la vieille folle lui avait dit d'autre sur les oiseaux. Elle en racontait, des choses, quand elle était d'humeur ; il fallait juste ne pas s'approcher trop près de sa bouche édentée. Cette dame avait passé sa vie dans l'un des enclos d'aliénés mais, sans qu'on sache pourquoi ni comment, elle avait échappé aux tris et réussi à s'enfuir durant le chaos de la Grande Chasse. C'est au cours de cet événement que Crispy avait été brûlée. À l'époque, la vieille folle s'était occupée d'elle, et aujourd'hui c'était l'inverse. Crispy veillait sur elle. Car une dette était une dette, un principe sacré.

De plus, la plupart du temps, la vieille folle clamait qu'elles formaient une famille. Parfois, elle disait qu'elle était sa grand-mère, son arrière-grand-mère, et parfois même sa mère – ce qui était clairement impossible. Ce n'était sans doute que des absurdités, mais l'idée qu'elle puisse réellement avoir un parent, même une vieille timbrée aux cheveux blancs, réconfortait Crispy.

C'est justement le genre d'idées qui peut te faire tuer, lâcha brusquement Crispy la Futée. *Tu imagines un peu ce que Roach dirait si elle t'entendait ?*

Crispy l'Idiote ne l'était pas totalement. Instinctivement, elle sondait le crépuscule en permanence. La bouche ouverte pour mieux sentir, elle humait l'air, écoutait, jetait des coups d'œil autour d'elle, tous ses sens en éveil, à l'affût du danger.

Elle n'aurait pas pu atteindre l'âge respectable de huit ans et demi si elle n'avait pas été vigilante.

Évidemment, elle avait bien failli y passer. Crispy sourit, étirant sans le vouloir les cicatrices rouges sur sa joue, puis inspecta ses mains. L'une renfermait une poignée de lichen, un végétal coriace et élastique qui poussait dans les environs et qui constituait l'essentiel de la nourriture qu'elle rapportait chaque jour. L'autre était sa main de bébé. Stoppée en pleine croissance par l'incendie qui avait causé ses cicatrices, elle était rétractée et semblait totalement impotente. C'était la vieille folle qui lui avait appris à la faire travailler, usant de plantes et de cataplasmes pour atténuer la douleur. Elle prétendait aussi être une sorcière et affirmait avoir utilisé ses dernières forces pour aider Crispy. Mais bon, elle parlait tellement qu'il était impossible de distinguer le vrai du faux.

En tout cas, chance, hasard ou magie, le fait est que Crispy avait aujourd'hui un bras parfaitement valide, et un en apparence atrophié mais capable d'accomplir tout ce que l'autre faisait. Comme les deux petites voix qui occupaient ses pensées, son corps était divisé : normal d'un côté, rongé de vilaines cicatrices de brûlures de l'autre, de ses cheveux filasse et poussiéreux à ses petits pieds enveloppés de guenilles.

À cet instant, la Futée eut une idée qui consterna l'Idiote. *Alors comme ça, tu veux observer le pigeon ?* dit-elle. *Très bien, vas-y. Mais je vais te dire une chose : il y a de la viande sur le poitrail de cet oiseau. De la viande ! Rappelle-moi depuis quand tu n'en as pas mangé ? Est-ce qu'au moins tu t'en souviens ?*

Crispy l'Idiote sentit son cœur battre à tout rompre. L'oiseau était inoffensif, libre. Il pouvait quitter la vallée, survoler le cimetière, puis les collines qui entouraient le Manoir et ses dépendances.

Elle n'avait pas envie de le tuer.

Dans ce cas tu ferais mieux de trouver autre chose que des moisissures, ajouta la Futée. *Parce que j'imagine déjà ce que dira Roach quand elle apprendra que tu as laissé filer un bout de viande.*

C'est bon, d'accord !

Crispy cligna rapidement des yeux ; elle ne pleurait pas, non, elle ne pleurait jamais, d'ailleurs. Mais elle avait besoin d'ajuster sa vue avant de passer à l'action. Lentement, elle fourra le lichen dans les haillons qui lui servaient de tunique. Puis, à contrecœur, elle tendit la main vers son fouet en cuir, cherchant à tâtons son lance-pierres. C'était une arme de fortune, fabriquée avec des matériaux trouvés dans le cimetière. Un bout de pneu issu d'un vieux tracteur pour accueillir le projectile, des morceaux de caoutchouc en guise d'élastique, et un tuyau fourchu en métal pour le manche.

Puis elle se mit en position, s'avançant pas à pas, priant pour que le monticule d'ordures dans son dos ne s'écroule pas. Et pendant tout ce temps elle se motiva en silence, s'imaginant faire partie intégrante de la nuit et du cimetière, comme un détritus de plus que personne ne remarquerait.

Enfin, elle fut en mesure de tirer. Alors elle plaça un caillou dans le lance-pierres. Le moment était venu de se fondre dans le paysage. L'oiseau ne devait surtout pas flairer le danger. *Du calme, tout va bien…*

Mais à cet instant précis, c'est Crispy qui se sentit en danger. La menace était flagrante… et proche. Un relent, planant au-dessus de la puanteur des ordures, une odeur fétide qui lui glaça le sang.

Un loup-garou.

IMPRIM'VERT®

Imprimé en France par
Corlet Imprimeur
14110 Condé-sur-Noireau
Dépôt légal : novembre 2011
N° d'impression : 140838
ISBN : 978-2-7499-1531-9
LAF 1310